# 정년, 그 깊은 독백

# 정년, 그 깊은 독백

**초판 1쇄 발행** 2025년 2월 10일

| | |
|---|---|
| **저 자** | 박갑성 |
| **발행처** | 예미 |
| **발행인** | 황부현 |
| **기 획** | 박진희 |
| **편 집** | 김정연 |
| **디자인** | 김민정 |

**출판등록** 2018년 5월 10일(제2018-000084호)

**주소** 경기도 고양시 일산서구 강성로 256, B102호
**전화** 031)917-7279　　**팩스** 031)911-5513
**전자우편** yemmibooks@naver.com
**홈페이지** www.yemmibooks.com

ISBN 979-11-92907-67-3　03800

# 정년, 그 깊은 독백

박갑성

익숙했던 것과의 결별

바람이 지구를 흔든다

예미

• • •

　정년을 일 년 앞두고 제주 애월 구엄포구에 있었
다. 한달살이를 하면서 가장 느린 걸음과 마음으로
살아보려고 했지만, 익숙했던 것과의 결별은 생각만
큼이나 쉽지 않았다.

　모슬포항 카페에 앉아서 하루 종일 멍 때리기를
했다. 그러다가 섬과 섬 사이로 바람이 불었고, 오랜
시간 정형화된 일상에서 조금만 벗어나도, 숨이 멎
고 심한 통증 같은 것들을 느꼈다. 뚜벅뚜벅 올레길
을 걸으면서 정년 이후의 시간을 생각했다. 지금까지
누려왔던 명함(名銜)에서 벗어나려고 애썼다. 어두운

밤, 낡고 벌거벗은 시간 위에 생(生)이 자꾸만 비틀거린다.

「모슬포 바람」

바람이 밤을 흔든다 쉽사리 잠들 수 없는 밤 불면의 베개에 이마를 묻고 뒤척인다 바람이 지구를 흔든다 심한 현기증 같은 산다는 건 바람 같은 것인지도 몰라 잠은 오지 않고 실타래처럼 엉켜버린 생각 무수히 흔들리며 두통으로 앓아눕는 밤 내일은 그칠 것을 믿는다
모슬포 바람 ('23. 4. 모슬포에서)


한때는 생의 밑바닥에서 도저히 헤어 나올 수 없었던 순간이 있었다. 복잡한 생각이 내 영혼을 지배할 때, 길 위에 서는 날들이 많았고, 길가에 흐드러지게 핀 이름 모를 들꽃이 전해주는 이야기와 물음에 귀 기울이다 보면, 인간의 독백과 삶의 모순이 바람이 되고 향기가 되어 사라져 갔다.

오랜 시간 벽 앞에 서 있었다. 그 벽은 옹이처럼 단

단해서, 비우고 내려놓는 일이 이토록 어려운 일인 줄 몰랐다. 늘 분인(分人)으로 살면서, 여백 위에 뒤섞인 우리는 우리가 누군지 모르고, 모른다는 사실도 모르고 살아왔다. 늘 비교하고 숫자의 크기에 전부를 걸었던 시간이 얼마나 많았던가? 그래서 상처받고 힘들었다.

정년이 다가오면서 담담하게 받아들이고, 흔들리지 않을 것 같았던 마음도, 사유의 결핍과 해답 없는 삶의 물음들로, 갈대처럼 흔들리고 낙엽처럼 자꾸만 바스락거린다. 그럴 때마다 노트, 밴드, 페이스북에 낙서처럼 드문드문 글을 남겼고, 한 권의 책으로 나오기까지 망설임과 고민이 많았다.

서투른 글 솜씨를 격려해 주고 응원해 주었던, SK텔레콤 선후배님과 사랑하는 가족, 그리고 나를 기억하는 모든 분에게 고마운 마음을 전하며, 전 SK텔레콤 박수영 본부장님께 감사드린다.

2024. 8. 뜨거운 여름 정독도서관에서

# 차례

• • •

여
름

# #365

애들아, 삼백육십오 일 남았어.

아빠, 뭐가!

내년 6월 말이 정년퇴직이니까? 정확하게 삼백육
십오 일 남았지.

아빠 정말 대단해. 고생 많았고 고마워. 일 년이 남
았는데 아무런 느낌도 없어?

잘 모르겠어! 꿈 같기도 하고 바람 같기도 해.

가족과 강화도 마니산 단군길을 오르면서 나눈 대
화의 일부분이다. 가만히 생각해 보면 물을 가르며
거친 폭풍 속을 지나온 것 같다. (2023. 07. 01)

#364

　금방이라도 비를 뿌릴 것 같은 날씨, 커피 한잔을 들고 사무실 창가에 앉았다. 오래된 풍경들 왠지 낯설게만 느껴진다. 비로소 커피 한잔의 행복과 사유의 떨림 같은 것들을 느낀다. 행복은 별거 아니잖아. 지금까지 타인(他人)의 삶을 살았으면 됐다. 이제부터 삶의 주인으로 살아가는 연습이 필요해. (2023. 07. 02)

선배, '백세시대'라는데 정년 후 무슨 일을 할 거예요? 무슨 계획이라도 있습니까?

글쎄요. 어떤 일을 하면 좋을까요?

그런데 질문이 잘못됐습니다. 무슨 일을 할 거냐고 물을 게 아니라 어떻게 잘 놀 거냐고 묻는 게 올바른 질문입니다.

어떻게 하면 잘 놀 수 있을까?

두 다리로 가고 싶은 곳을 갈 수가 있고, 내 힘으로 살아낼 수 있는 나이가 중요하지, 내 몸을 누구에게 의지(依支)하는 순간 죽은 삶이나 마찬가지겠죠! 백세시대, 아무런 의미 없는 숫자에 불과할 뿐입니다.

(2023. 07. 03)

#361

하루 종일 문제를 붙잡고 있다. 문제의 속살이 드러날 때마다 사람과 사람 사이 갈등은 증폭되고 자기중심적 사고에서 헤어 나오지 못했다. 감정의 민낯이 부끄러워 하루의 시간이 몹시 아프다. 그러다가 가족 카톡 방에 이렇게 썼다.

이 여사님,
잡채 한번 해 먹읍시다.
맛있는 돼지고기 듬뿍 넣어서.
참고로 수빈이는 돼지고기 빼고(비건).

집에 왔는데, 아내와 작은딸이 잡채를 만들고 있다. 고마운 가족이다. (2023. 07. 05)

# #360

    오랜 기간 암 투병을 끝내고 출근한 직장동료를 만나 커피를 마시면서, 그간의 일상을 들을 수 있었다. 이 년 전 건강검진을 받고 췌장암 판정을 전해 들었을 때 온몸이 하얀 백지 상태였고, 아내와 둘이 밤새도록 펑펑 울었다고 했다. 예고 없이 찾아올 불행을 잠시 생각해 본다. 감당할 수 있을까? 버거움의 시간을 이겨낼 수 있을까? 가끔 가까운 사람들의 고통과 불행을 목격(目擊)할 때마다 몹시 힘들었을 감정을 헤아려본다. 직장동료의 건강한 삶을 응원한다.

(2023. 07. 06)

선풍기에서 뜨거운 바람이 나온다. 무더운 여름 날씨를 선풍기도 어쩔 도리가 없나 보다. 라디오에서 흘러나오는 김광석의 '서른 즈음에' 노랫말을 뒤로한 채 집을 나왔다.

명동예술극장 앞을 지나다가 오래전에 봤던 프랑스 극작가 플로리앙 젤레르의 두 편의 희곡 '어머니', '아버지'가 문득 떠올랐다. 고령화 시대에 존재론적 고독과 슬픔을 소재로 치매와 빈 둥지 증후군을 다룬 두 편의 연극이었던 것 같다. 한 무대 위에서 클래식의 대위법처럼 연출되는 언어와 침묵, 그리고 인간 내면의 갈등과 고독이 잔잔한 아픔으로 남아 있다.

어머니께 전화했다. 건강은 어떻습니까?

괜찮다.

저녁은 드셨어요?

먹었다.

날씨가 상당히 덥지요. 에어컨 켜고 시원하게 지내세요.

뭐 하려고, 전기세 많이 나오는데.

어머니, 다음에 전화하겠습니다.


어머니와 통화는 일 분(一分)을 넘기지 못한다. 영혼 없는 기계어와 같다. 어머니와 나 사이에는 섬이 존재한다. 그 섬은 언어의 침묵이고, 인간 내면의 고독이며 독백이다.

오랜 시간 섬 앞에 서 있었다.

한 사람은 기억이 사라져서 고민이고, 다른 한 사람은 현재와는 너무나 다른 과거에 대한 추억 때문에 힘들다. 그래서 대화는 단절되고 굴절(屈折)된다. 어머니와 아버지! 두 편의 연극은 인간성에 대한 깊은 성찰이며, 우리들의 이야기다. (2023. 07. 08)

비가 내린다. 창문에 매달린 빗방울이 진주처럼 빛난다. 방 안을 서성거렸다. 책장에서 문태준 님의 '느림보 마음'을 꺼내서 읽었다. 마음속에 담아두고 싶었던 밑줄 그은 문장에 눈길이 머문다.

"캄캄한 어둠 속에서 초롱초롱하게 빛나는 개밥바라기 별을 보아야겠습니다. 그 별을 바라보고 있으면 아직 도 누나는 나를 업고 있고, 나는 그렁그렁한 별을 하나 업고 있겠지요."

바람이 창문을 흔들고 비가 세차게 쏟아지고 있 다. 헤드폰을 쓰고 이은미 님의 '잊어야 한다는 마음 으로' 노랫말을 흥얼거리며, 유년 시절 섬 속에 갇혀 지냈던 비좁은 시간을 생각했다.

호우주의보 안전 재난문자가 휴대전화를 깨우는 일요일 오후. (2023. 07. 09)

새벽 네 시 삼십 분, 장맛비가 이른 새벽부터 창문을 때린다. 몸은 천근만근 쉬고 싶다는 생각뿐이다. 직장생활은 잿빛에서 시작해서 잿빛으로 저무는 날들이 많았다. 하루에 한강을 네 번이나 건너고, 버스와 지하철 손잡이를 서너 시간씩 붙잡고 서 있어야 유지되는 삶. 지하철 빈 괄호 안에 애벌레처럼 집을 짓고, 생의 밑바닥에서 꿈을 꾼다.

지하철은 당산역과 합정역 사이, 당산철교에서 새벽을 밀고 간다. 집어등처럼 불을 밝힌 점과 점, 선과 선 사이로 삶의 모순이 별처럼 빛난다. 계산된 생각, 혼합현실의 버거움에 생각은 많아지고 깊은 수렁에서 빠져나올 수가 없다. 꿈은 언제나 꿈의 크기보다 아름답게 손에 쥐어졌다 사라지는 것. 만약 내가 과거로 돌아갈 수 있다면 이보다 더 나은 삶을 살아갈 수 있을까? 글쎄 쉽지 않을 것 같다. (2023. 07. 10)

장대비가 쏟아진다. 차도와 인도가 구분되지 않는 경계, 물바다다. 삶의 편리성과 물질만능주의에 빠져 자연의 순리를 거스르는 인간에게 보내는 마지막 경고이자 자연의 역습이라 생각된다. 행정안전부, 기상청, 산림청에서 보내는 재난문자가 휴대전화를 깨우고 걱정스러운 눈빛으로 화면을 터치하고 있다.

퇴근 무렵에 직장 후배로부터 전화가 걸려 왔다. 업무 때문에 유관 팀과 통화를 했고, 모욕감을 느낄 만큼 마음에 상처를 많이 받았다고 했다. 힘들어서 누군가에게 꼭 말하고 싶었단다. 그래 전화 잘했어! 고민도 가슴에 품고 있으면 자기 것이 되지만, 풀어 놓으면 반으로 줄고 듣는 사람의 고민이 되지. 괜찮아 내일 만나서 이야기하자.

시스템 이슈를 붙들고 늦은 밤까지 씨름하다 집으로 가는 길, 가슴에 심한 통증을 느꼈을 직장동료의 마음을 헤아려본다. (2023. 07. 11)

# #353

    일상을 한마디로 비유한다면 쓰나미와 같다. 휴대전화는 쉴 틈 없이 문자를 배설하고, 컴퓨터를 켜면 쌓인 메일에 정신이 혼미해진다. 이렇게 살아도 되나 싶다. 삶을 살아내지 않고서는 죽고 싶지 않은 자의 절박함 때문은 아닐까? 커피 한잔을 들고 사무실 창가에서 서성인다. 누구보다도 이 순간을 사랑하자.

(2023. 07. 13)

# #352

매월 두 번 찾아오는 해피 프라이데이(Happy Friday)! 정년이 가까워지면서, 그동안 당연한 것으로 받아들여졌던 것들이 소중하고 감사하게 느껴지는 시간이 많아진다. 눈을 뜨면 갈 수 있는 목적지가 있고, 커피한 잔을 들고 사무실 창가에 서면, 아침 햇살이 비스듬히 쏟아져 내리는 시간이 고맙다.

내가 좋아하는 일에 미쳐본 일이 있는가? 살면서 그 누군가를 미치도록 사랑해 본 일이 있는가? 내게 그런 추억이 있다는 것은 다행스러운 일이다. 이른 아침에 플라톤이 쓴 '소크라테스의 변명' 책을 읽고 있다. 소크라테스는 그의 변명을 이렇게 마치고 있다.

"이제 떠나야 할 시간이 되었습니다. 각기 자기의 길을 갑시다. 나는 죽기 위해서, 여러분은 살기 위해서. 어느 쪽이 좋은가 하는 것은 오직 자신만이 알고 있을 뿐입니다." (2023. 07. 14)

오래된 습관을 바꾸는 것은 결코 쉬운 일이 아니다. 삼십 년을 늘 그렇게 살아왔다. 주말인데도 초롱초롱 빛나는 정신과 눈빛은 어쩔 수 없다. 네 시 십분, 아내가 잠든 방을 나와 소파에 앉아 휴대전화에 손을 뻗는다. 기기에 대고 말만 하면 뉴스를 들려주고, 번역을 해준다. 전국시대 맹자부터 양자물리학과 챗GPT까지 내 손안에 정보의 바다가 우주처럼 펼쳐진다.

휘트니 휴스턴, 'One Moment in Time' 노래 틀어줘.

노랫말을 따라 흥얼거렸다.


My finest day is yet unknown

　내 생애 가장 최고의 날은 아직 오지 않았어요

　　I will be… I will be… I will be free!

　　　나는… 나는… 나는 자유로워질 거예요!

나는 지금 프랑스 샤모니몽블랑을 여행 중이고, 조금 있다가 핀란드 오로라를 볼 생각이다. 아 그렇지, 오후에는 아내와 롯데시네마에서 '미션 임파서블' 영화를 보기로 했지. 메타버스 속 아바타처럼 깔깔대며 웃고 있다. (2023. 07. 15)

# #349

월요일 아침 하늘에 먹장구름이 잔뜩 끼어 있다. 금방이라도 비를 뿌릴 것만 같은 날씨다. 한강을 건너자, 팔당댐에서 방류한 흙탕물이 모든 것들을 집어삼킬 기세로 흘러간다. 벌써 도로는 많은 자동차로 정체를 빚고 있다.

오후 세 시쯤 쏟아지던 비가 그치고, 구름 사이로 맑은 하늘이 드문드문 보인다. 퇴근 시간에 을지로에서 지하철을 탔는데, 시루 속 콩나물처럼 빈틈이 없다. 살과 살이 부딪치고 땀내와 땀내가 뒤섞여 생의 가벼움이 에어컨 바람에 날린다.

등에 짊어진 백팩 무게가 버겁게 느껴진다. 이 또한 직장인이라서 가능한 일이다. 시간이 지나면 그때가 좋았다며 바보처럼 웃고 있겠지. 그러다가 외진 골목 커피집에 앉아서 기억을 불러내어 꿈처럼 행복했던 날들이 있어서 고마웠다고 혼잣말로 중얼대고 있을지도. (2023. 07. 17)

# #346

선배, 무슨 일이 그렇게 많아!

글쎄다. 직장생활 말년에 일이 엄청나네.

재난문자 'Geo Fencing' 해외 사례와 규격을 뒤척이고 있다. 그러다가 신규 시스템 보안 진단을 진행하는데 방화벽에서 자꾸만 막힌다. 문득 드는 생각, 내가 잘해서 정년까지 올 수 있었던 게 아니었구나!

제기랄, 후배가 말했던 것처럼 왜 이렇게 열심히 하고 있지. 가만히 생각해 보니 임금피크제로 연봉도 삭감되었는데, 일은 더 많아지고 힘들어하면서도 행복하다고 바보처럼 웃고 있는 나. (2023. 07. 20)

# #345

 

개미가 개미에게 다가가 커피 한잔할까요? 그래도 주말이라서 좋아요.

정년퇴직하면 매일 주말이잖아.

선배! 같은 주말로 착각하면 안 돼, 형수가 그냥 내버려 두겠어!

을지로 T타워 창가에 앉아 손을 뻗으면 잡힐 것 같은 고층 빌딩 숲에 인간 개미들이 분주히 움직인다. 그리고 보면 사람 사는 일이란 아무도 모르는 일이다. 빌딩 숲에 갇힌 개미들의 생각만큼이나 산다는 건 어렵고 복잡한 문제다.

명동 원할머니 집에서 보쌈에 소맥을 마셨다. 좋은 사람들과 마시는 술은 취하지 않는다. 술이 달다는 생각을 처음으로 해본 것 같다. 정년 연장 문제와 여행에 대해서 많은 이야기를 나누었다. 회사에서 정년 연장이 결정되면 어떤 선택을 해야 할까? 오래전부터 생각했던 것처럼 그냥 쉬고 싶다.

　늦은 시간 을지로입구역에서 지하철을 탔다. 이때 지하철은 술에 취한 사람들의 입씨름으로 움직인다. 합정역을 지나자, 불나방처럼 불 속으로 뛰어든 수많은 욕망이 한강에 몸을 던진다. 아 시원해. (2023. 07. 21)

#344

　파주 출판단지 '지혜의 숲'에 앉아 있다. 작가들이 기증한 책이 빼곡히 진열되어, 편안하게 책을 읽을 수 있는 휴식 공간을 제공한다. 지혜의 숲 창가 습지에 개구리밥, 자라풀, 그리고 창포가 자라고 바람에 흔들린다. 무더운 여름날의 시선이 창밖에 머문다. (2023. 07. 22)

「멍때리기」

무한을 잡고

눈 감으면

상념의 알갱이가 꿈틀거린다


생각은

창문 너머 습지

개구리밥에 얹혀 있다

바람 불면

바람에 날려

자라풀 창포에 머물기도 한다


그러다가

검정 고무신으로

은어 피리를 잡으며 깔깔대고 있다


안과 밖을

자유롭게 넘나드는 순간 이동

공전을 반복한다

('21. 7. 파주 출판단지에서)

# #343

  산다는 것은 무엇인가? 어떻게 살아야 하는가? 머릿속에 단 한 번도 떠나지 않았던 질문이다. 살면서 그 질문은 진행형이며 언제 끝날지 알 길이 없다. 문득 청춘을 생각한다. 가난, 배고픔, 인간에 대한 배신과 증오의 기억이 군더더기처럼 남아 있다. 아버지 형제, 사촌들과 십 년간의 민사소송(民事訴訟)은 가까운 사람들을 더 멀게 만들었고, 증오의 벽은 단단해지고 오랜 시간 고통은 너무나 컸다.

  흔들리며 걸었던 청춘을 애틋하게 품어주었던 사람이 병영생활을 같이했던 영철 어머니다. 아직도 고마움을 잊지 못한다. 살아가면서 영철 어머니와 같은 따뜻한 사랑을 타인(他人)으로부터 받아본 기억이 없는 것 같다. 가까운 사람도 때론 손익계산서가 필요하고 시퍼런 칼날을 겨눈다. 가까운 사람에게 배신당하고 버림받는 것만큼 견디기 힘든 일은 없다. 버릴 수 없는 인연이라서 아팠고 상처는 깊다.

　가까운 사람일수록 호저(豪猪)의 거리가 필요하다. 불필요한 인연은 만들지 말아야 한다. 인연에 깊이 중독되어 마음을 다치지 않도록 조심해야 한다. 인연이란 바람과 같은 것이다. 조금만 방심하면 내 삶은 타인의 것이 되어서 깨지고 상처 입고 주인으로 살아가기 어렵다. 삶에 주인이 되어야 한다. 자신을 사랑하는 일은 중요한 행위이면서 보석처럼 아름다운 일이다. (2023. 07. 23)

# #342

아내가 소파에서 꾸벅꾸벅 졸고 있다. 아들이 군대 전역 후 대학교 2학년 학기를 끝내고 편입 준비를 시작하면서부터다. 새벽에 일어나 도시락을 준비하면서 잠이 매우 부족했던 것 같다.

큰 딸아이는 서른이 되었는데도 둥지를 떠날 생각이 없는 것 같고, 작은 딸아이는 유치원 교사를 하다가 그만두고 캐나다로 떠날 준비를 하고 있다. 매일 식단을 준비하고 빨랫감이 산더미처럼 쌓이고, 언제 끝날지 모르는 생의 버거움을 지켜보면서 아내에게 미안했다.

아이 셋을 대입 시험 뒷바라지하면서 십 년을 보냈다. 그러고 나면 아내와 아이들 사이의 전쟁도 끝날 줄 알았다. 아직도 진행 중인 삶의 무게를 생각할 때마다 가슴이 답답해진다. (2023. 07. 24)

#341

장맛비가 그치더니 조금만 움직여도 온몸이 땀으로 흠뻑 젖는다. 비와 폭염 사이 개미가 매미 사체를 끌고 간다. 여름의 절정 매미가 목청껏 운다. 죽을힘으로 울어본 일이 있느냐고, 죽을힘으로 살아본 일이 있느냐고 묻는 여름날의 오후. (2023. 07. 25)

　정년이 삼백삼십구 일 남았다. 휴일과 주말을 제외하면 글쎄 칠 개월쯤 남았을까? 정년 이후의 모습을 생각해 본다. 자신과 오랫동안 마주하고 있어도 우울해지지 않을 수 있을까? 타인의 성(城) 안에서 누려왔던 혜택과 익숙함을 과감하게 지울 수 있을까? 거울 속에 비친 자기 모습을 보면 놀라지 않을 수 있을까?

　노트북이 들어 있는 백팩을 메고, 헤드폰으로 노래를 들으면서 책장을 넘기다 지하철 창문에 비친 내 모습이 보인다. 오래전에 알고 있던 젊은이는 오간데 없고, 낯선 사람이 덩그러니 남았다.

　풋풋했던 청춘을 생각하며 퇴근길 막#에서 모둠전에 한라봉 막걸리를 마셨다. 기분 좋은 밤, 여름날의 뜨거운 밤이 익는다. (2023. 07. 27)

새벽,

낮과 밤의 경계가 희미한 몽환적인 색을 닮았다. 마치 어정쩡한 생(生)의 버거움이 깊게 배어 있다. 선풍기는 이른 새벽부터 뜨거운 바람을 뿜어내고 있다. 저게 저럴 리가 없는데, 더위를 먹었나 보다.

그래, 너도 휴식이 필요해.

총총걸음으로 일곱 시쯤 집을 나왔다.

서울대 입구에서 김밥 한 줄과 생수 한 병을 사서 관악산 산행을 시작했다. 마스크를 썼다 벗었다, 흐르는 땀에 안경은 콧등에서 미끄럼을 타고, 모기는 귓가에 앵앵거린다.

연주대 방향 깔딱고개에서 사람들이 가쁜 숨을 몰아쉬며 모두 죽겠단다. 마스크는 땀에 흠뻑 젖어 얼굴에 달라붙어 심호흡도 힘들다. 아이고 죽겠네! 갈참나무 그늘에서 무심코 내뱉은 말, 산들바람이 그래도 살라고 한다.

삶의 버거움을 느낄 때, 버거움을 뛰어넘는 고통으로 행복해지는 들숨과 날숨. 절망은 생각보다 쉽게 희망이 될 수 있다는 것을 깨달았다. 관악산 산행을 끝내고 서울공대 락구정(樂口亭) 벤치에 앉았다. 살갗에 부끄럼 타는 바람, 매미가 목청껏 울자, 여름은 뜨거운 열기를 뿜어낸다. (2023. 07. 28)

「생의 질문」

시끄럽다고

시끄러워 귀를 막지 말아라

짜증스럽다고

짜증스러워 마음의 문을 닫지 말아라

힘들다고

힘들어서 생을 포기하지 말아라

매미 한살이를 알고 나면

죽을힘을 다해

살아가고 있느냐고 묻는

물음표 같은 생의 질문

('23. 7. 서울대학교 락구정에서)

# #335

    새벽 네 시 이십 분, 선풍기 프로펠러 소리가 사유의 벽을 흔들고 지구의 정적을 깨운다. 뒤섞인 생각들이 잔물결로 밀려와 그 무엇 하나 쉽사리 손에 잡히지 않는 어둠, 생각은 파멸(破滅)을 반복한다.

    높은 습도와 더운 날씨에 출근길부터 숨이 막힌다. 어젯밤 바지와 와이셔츠를 다리미로 다려 입고 왔는데 땀으로 젖는다. 이틀은 더 입어야 하는데 말이다.

    신도림역에서 지하철을 기다리다 옷이 완전히 젖었다. 퇴근 후 집에 가서 빨래와 다리미질 생각에 짜증이 밀려온다. 여름은 절정에서 열기를 뿜어내고, 삶이란 늘 바다와 같이 출렁인다. (2023. 07. 31)

출근까지 남은 시간은 책을 읽거나 글을 쓴다. 때론 수면 부족으로 힘들 때도 있지만 지하철이나 버스에서 해결해 왔다. 그러고 보니 새벽 네 시에 일어나 다섯 시 십 분에 출근한 지도 벌써 이십 년이 되었다.

가방 속에 들어 있는 김용택 작가의 '시가 내게로 왔다' 시집을 읽었는데, 오래전에 부산에 근무할 때 황 본부장님이 내게 건넨 시집이다. 그분은 작고한 지 오래되었지만, 그분이 살아게셨다면 내 삶의 행로(行路)도 많이 달라졌을 것이다. 나희덕 시인의 '천장호에서' 시를 읽으면서 그분을 생각했다.

"얼어붙은 호수는 아무것도 비추지 않는다 (…) 헛되이 던진 돌멩이들, 새 떼 대신 메아리만 쩡쩡 날아오른다 네 이름을 부르는 일이 그러했다"

내게도 추억할 수 있는 사람이 있다는 것은 다행스러운 일이다. 그리움은 오래된 벽시계처럼 초침은 멈춰 선 지 오래고 분침만 힘겹게 움직이는 오후.

(2023. 08. 01)

더워도 너무 덥다. 조금만 움직여도 땀이 나고 숨이 막힌다. 경찰청에서 재난문자 회의를 마치고 나오는데, 햇볕에 얼굴이 타는 것처럼 따갑다. 발목 수술을 끝내고 입원해 있는 고향 친구의 병문안을 가려 했는데, 그냥 집으로 발길을 돌렸다.

주말에 만나기로 한 친구와의 술 약속도 취소했다. 더위가 끝나고 가을쯤 봐야겠다. 세계 곳곳에서 폭우와 불볕더위로 재산과 생명을 잃고 자연재해로 피해가 속출하고 있다. 이러다 가을이 올까 싶기도 하다. 과연 지구는 안녕한가? (2023. 08. 03)

# #329

    무더운 날씨, 이런 날에는 제대로 미쳐야 산다. 미치지 않고 세상과 타협하며 살아갈 수 없듯이, 커다란 배낭을 메고 산행길에 나섰다. 보도블록 사이로 목을 내민 이름 모를 잡초, 그래 네가 나보다 낫다. 서울의 삶은 아이스크림처럼 시원하지도, 달콤하지도 않다. 눈 뜨면 바빴고, 눈 감으면 불안했다. 아침저녁으로 길 위에서 길을 물었다. 작두 위에 올려진 생각들이 잘려 나갈 때마다 퍼즐처럼 조각 모음을 하면서 산다. 내 의지대로 살아낼 수 없는 삶이라면 이 도시에서 잘려 나가고 싶다.

    관악산 계곡에 많은 사람들이 무더위를 피해서 물놀이하고 있다. 중턱에 이르자 숨과 숨이 부딪친다. 물통에 물은 비워지고, 한 조각 남은 얼음이 소리를 내며 가쁜 숨을 몰아낸다. 살면서 이정표 앞에서 머뭇거렸던 시간이 얼마나 많았던가. 오늘도 연주대와

삼막사 갈림길에서 고민하다가 깔딱고개를 넘어 연주대로 가기로 했다. 34도를 넘어서는 무더위 깔딱고개의 한계를 극복해야 관악산 정상에 설 수 있을 것이다.

정상에서 먹는 아이스크림은 세상을 다 가진 맛이다. 정상은 보지도 못하고 아이스크림만 먹었다고 말할 수 있겠다. 내려오는 길, 깔딱고개를 오르는 많은 사람들이 죽겠다며 심호흡을 한다. 속으로 웃으며 말했다. 좋은 세상, 죽지 말고 살아라. 매미 울음소리가 숲을 덮는다. (2023. 08. 06)

버스에서 내리자, 덥고 습한 공기에 숨이 막힌다. 온몸이 더운 열기로 데워지면서 땀으로 흠뻑 젖는다. 지하철 도착 삼 분 전, 이럴 때 시간은 왜 그렇게도 느리기만 한지. 가방에서 휴대용 선풍기를 꺼내 돌려보지만 역부족이다.

당산철교를 건너는데 태양이 구름 사이로 고개를 내민다. 그냥 나오지 말고 구름 속에 있어주면 안 되겠어! 한낮의 찜통더위를 생각하면 벌써 퇴근길이 걱정된다. 사무실 창가에 서면 숨 막힐 듯 살아온 시간이 마치 손익계산서처럼 날아든다. (2023. 08. 07)

# #324

태풍이 지나간 자리, 간간이 비를 세차게 퍼붓고 바람이 나뭇가지를 흔든다. 기기 변경을 신청한 '갤럭시 Z 폴드 5' 신형 휴대전화기가 택배로 도착했다.

오늘은 휴대전화기와 시간을 보내야겠다. 스마트 스위치(Smart Switch)로 데이터를 옮기는데, 아웃룩(Outlook) 계정과 팀즈(Teams) 비밀번호가 생각나지 않는다. 간단한 PIN 번호와 자동 로그인을 설정해 놓고 사용하다 보니, 편리함에 익숙해져 기억해야 할 소중한 것들을 잊고 사는 시간이 있다.

때론 아내 휴대전화 번호도 가물가물하다. 자동화에 길들여진 나, 이렇게 살아도 되는지 모르겠다. 뭐가 그렇게 중요한 게 많다고 잠그고 살아야 하나!

(2023. 08. 11)

산행하다 보면 맨발로 걷는 사람이 부쩍 늘었다. 건강에 대한 인식이 많이 바뀐 것을 알 수가 있다. 한 시간의 산행을 끝내고 휴대전화로 이곳저곳을 서핑하다가 정호승 시인의 '바닥에 대하여' 시를 붙잡고 있다.

"바닥까지 가본 사람들은 말한다

결국 바닥은 보이지 않는다고 (…)

바닥은 없기 때문에 있는 것이라고

보이지 않기 때문에 보이는 것이라고

그냥 딛고 일어서는 것이라고"

(정호승, '이 짧은 시간 동안', 창비(2004), p20)

한때는 바닥을 경험한 일이 있다. 절망은 깊었고, 헤어 나올 수 없는 수렁에서 목숨과 바꾸려고 했다.

시인을 통해서 바닥은 없다는 것을 알게 되었다. 우리가 살아가고 있는 매 순간이 바닥이고, 바닥의 깊이를 잴 수가 없어서 그냥 바닥에 기대어 살아가고 있는 것일지도 모른다. (2023. 08. 12)

# #321

    스피어(Sphere) 사무실로 출근했다. 집에서 가까워 좋긴 하지만, 다양한 팀 구성원과 섞여서 같은 공간에 근무하다 보니 통화와 노트북 두드리는 소리도 조심스러워진다.

    선배! 무슨 계획이라도 있나요?

    정년이 얼마 남지 않은 내게 묻는 말이다. 그렇다고 딱히 생각해 둔 것은 없지만, 어떻게 하면 잘 놀 수 있을까? 하고 고민해 왔다. 이십여 년 전에 작성한 버킷 리스트를 보면서 괜스레 웃음이 나온다. 이 또한 일이 되지 않았으면 한다.

    난, 불확실한 긴 여행을 시작하는 자유인이다.

    (2023. 08. 14)

# #318

도시의 삶은 바쁘다. 왜 이렇게도 바쁜 것일까?

지하철 문이 열리고 마치 경주라도 하듯이 계단과 에스컬레이터를 향해서 질풍노도와 같이 달린다. 덩달아 내 걸음도 빨라지고 시나브로 살겠다는 마음은 온데간데없다. 마음속에서 경쟁심과 이기심이 폭발한다. 질 수 없지.

한두 권의 책과 노트북이 들어 있는 백팩을 짊어지고 중년의 삶이 나뭇잎처럼 바람에 날린다. 뒤쫓아 오는 사람들의 발걸음에 밟히고 이리저리 찢기어 나간다.

지하철 안은 옷과 옷이 살과 살이 부딪치고, 인공과 자연의 냄새가 뒤섞인 채로 생성과 소멸을 반복한다. 모두 휴대전화에 코를 박고 있다. 제기랄, 저렇게 살아도 되는 걸까?

어느 여름날의 오후. (2023. 08. 17)

# #317

태풍 카눈이 지나갔다. 자연의 힘 앞에 인간은 무
기력했고, 나약한 존재라는 사실만을 확인시켜 주었
다. 기상청에서 지진 재난문자 회의를 마치고 퇴근길
에 어머니께 전화했다.

어머니 저예요.

자네가 어쩐 일로.

아프다는 다리는 괜찮습니까?

나이 들면 다 그렇지 괜찮다.

태풍 피해는 없습니까?

농사도 짓지 않는데, 다른 사람들은 올해 농사 망
쳤다고 걱정이 태산이더라.

어머니 아프거나 급한 일 있으시면 전화 주세요. 다
시 전화드리겠습니다.

알았다. 시간 되면 한번 내려왔다가 가거라.

내게도 어머니가 있는 것처럼, 나의 어머니에게도 어머니가 있었다는 사실을 잠시 잊고 살았습니다.

차창에 기대어 오래전에 읽었던 시(詩) 한 편을 떠올려본다.

"나의 어머니에게도 추억이 있다는 걸 참으로 오래되어서야 느꼈습니다 마당에 앉아 봄나물을 다듬으시면서 구슬픈 콧노래로 들려오는 하얀 찔레꽃
나의 어머니에게도 그리운 어머니가 계시다는 걸 참으로 뒤늦게야 알았습니다 (…) 추억은 어머니에게도 소중하건만 자식들을 키우며 그 추억을 빼앗긴 건 아닌가 하고 마당의 봄 때문에 울었습니다"
(신동호, '봄날 피고 진 꽃에 대한 기억')

어둑어둑해지는 창가에 비가 내린다. 때론 변하지 않는 것이 아름다울 때가 있다. (2023. 08. 18)

# #316


　쉬고 싶다. 그런 마음이 드는 시간, 퇴근 후에도 휴대전화에서 문자와 전화벨 소리가 쉼 없이 울린다. 업무 시간이 끝났다고 해서 종결(終結)을 의미하는 것은 아니다. 우리들의 삶에 끝났다고 해서 끝난 것은 아무것도 없다. 얽히고설킨 관계 속에서 파고(波高)만 다를 뿐 파동(波動) 치고 출렁인다. 매미가 목청껏 운다. 매미야, 다음 생은 인간으로 태어나거라. 문득 삶의 태도를 생각해 본다. (2023. 08. 19)

우주에는 1700억 개의 크고 작은 은하가 있다고 한다. 그 많은 은하의 하나인 지구별에 무임승차해서 가끔 근원적인 질문을 할 때가 있다. 행복(幸福)이란 무엇인가? 이러한 물음은 최근에 그 빈도가 많아진 것 같다.

지금에서야 느끼는 일이지만, 행복이란 이런 것이 아닐까? 저녁이 되면 돌아갈 집이 있다는 것, 힘들 때 전화하면 위로가 되는 친구가 있다는 것, 외로울 때 좋아하는 시(詩)를 암송할 수 있다는 것, 나이 들면 돌아갈 마음의 고향이 있다는 것, 그리고 친구에게 밥 한 그릇 사줄 수 있다면, 이 얼마나 행복한 일인가? 오래전에 읽었던 시가 생각나서 옮겨본다. (2023. 08. 20)

"두 번은 없다. 지금도 그렇고

앞으로도 그럴 것이다. 그러므로 우리는

아무런 연습 없이 태어나서

아무런 훈련 없이 죽는다 (…)

힘겨운 나날들, 무엇 때문에 너는

쓸데없는 불안으로 두려워하는가

너는 존재한다 – 그러므로 사라질 것이다

너는 사라진다 – 그러므로 아름답다"

(비스와바 쉼보르스카, '끝과 시작', 문학과지성사(2016), p33)

# #313

잔뜩 찌푸린 날씨, 소나기가 쏟아진다. 대지의 더위를 식혀준다. 이런 날에는 비를 맞고 빗속을 걷고 싶다.

오랜만에 가족과 한 자리에 모여 집 근처 식당에서 골뱅이무침과 감자전을 시켜놓고, 소맥을 먹었다. 둘째 딸의 캐나다 워킹홀리데이를 안주 삼아서 많은 이야기를 나누었다. 성인이 된 자녀의 삶에 부모의 생각을 주입하고 강요하는 것은 잘못임을 알면서도, 아기 새가 커서 둥지를 떠나듯이 날갯짓하는 자식을 보면 말은 많아지고, 묘한 감정과 슬픔 같은 것들을 느낀다.

밤은 깊어지고 도로와 지붕 위로 하염없이 소나기가 내린다. 우산을 받쳐 들고 빗속을 걷는다. 아빠, 캐나다 워킹홀리데이하다가 정착하면 어떡해! 왠지 모를 서운함이 비에 젖는다. (2023. 08. 22)

# #311

아빠가 네게 카톡으로 글을 쓰고 있는 이 시간, 캐나다 밴쿠버행 비행기에 몸을 싣고서 푸른 하늘을 날고 있겠구나. 집에 도착해 가장 먼저 너의 방 안에서 한참을 서성거렸다. 덩그러니 빈자리를 지키는 올라프 인형과 드문드문 남아 있는 너의 흔적에 왠지 모를 슬픔이 물밀듯 밀려와 눈시울이 그렁그렁해진다.

심성이 곱고 지혜롭고 현명한 딸이었다는 것을 알게 되어 고맙고 기뻤다. 그동안 잘해주지 못했던 아쉬움과 서운한 감정들을 어떻게 표현해야 할지 모르겠구나! 아빠는 인생을 열심히 살았다고 생각했는데, 자기중심적 사고와 감정 이입으로 가족들의 마음에 상처를 주기도 했던 것 같다. 재미없고 무뚝뚝한 아빠인 것만큼은 분명한 사실이다.

너를 배웅해 주려고 공항까지 나와준 승연, 연경, 수민, 친구들의 모습을 통해서 세상을 향기롭게 살

58

아왔구나! 하는 진심을 느낄 수 있어서 너무나 고맙고 기뻤다. 앞으로 살아갈 미래가 어떻게 전개될지는 모르지만, 이번 캐나다 워킹홀리데이를 통해서 거칠고 힘든 세상을 살아가는 데 자양분이 되었으면 좋겠구나!

항상 너의 꿈을 응원하고 기도할게. 그곳에서 생활하면서 좋은 사람들을 많이 만났으면 좋겠고, 아프지 말고 어려운 일이나 고민이 있으면 주저하지 말고 연락하거라. 종종 카톡으로 그곳의 풍경과 생활을 전해주었으면 좋겠다. 생각해 보니 네가 없을 때 아빠가 정년퇴직하게 돼서 서운하고 아쉽기도 하다. 내년에 시간이 되면 캐나다에서 얼굴 한번 봤으면 좋겠구나!

아빠가 네게 꼭 하고 싶은 말이 있다. 수빈아 사랑해! (2023. 08. 24)

'나'라는 존재는 분인(分人)이 가능한가? 정말 어려운 질문이다. 타인과 더불어 살아간다는 것은 억지로 강요당한 가짜 '나'로 산다는 의미로 해석이 가능해진다.*

단, 하나뿐인 진정한 나는 존재하지 않고, 대인관계마다 더러 나는 여러 얼굴이 모두 '나'다.* '나'라는 존재는 여러 개로 분인될 수 없는데도 때론 하나였다가 여러 개의 얼굴로 분인되는 존재다. 추상적이면서 어려운 물음에 어떻게 답해야 하고 이해가 가능할까?

내가 좋아하는 문학에 빠져서 시를 쓰고 있을 때 진정한 '나'라고 생각한다. 주변의 시선에 자유롭지 못하다면 가면을 쓴 또 다른 '나'라고 생각된다. 과거 현재 그리고 미래의 '나' 여러 개로 분인하면서도 결국에는 하나다.

..............................

* 히라노 게이치로, '나란 무엇인가', 21세기북스(2015), p13

무더운 여름날, 어느 한쪽이 창밖에 서 있어야 한다면 그 사람은 '나'였으면, 당신은 그저 시원한 곳에서 행복했으면 좋겠다. (2023. 08. 25)

　명동에서 시작해서 남산을 거쳐 장충동 신라호텔까지 한양도성 순성길을 걸었다. 아직도 바람은 뜨거웠고, 미세먼지가 없어서 남산에서 바라본 경복궁과 북한산이 손에 잡힐 듯 말 듯하다.

　한양도성 길을 걷다 보면 오래된 풍경이 발길을 멈추게 한다. 얼마나 많은 사람들이 이 길을 오갔을까? 오백여 년 전 숨결이 살포시 다가와 바람 속에서 교감(交感)한다. (2023. 08. 26)

　직장과 가정은 양립할 수 있는가? 경험에 미루어 몹시 어려운 것이 사실이다. 균형을 유지하기 위해 부단히 애썼지만 쉽지 않은 문제였고, 그래서 고독했고 힘든 시간이었다.

　나이 들면 쉽게 수긍되지 않는 것이 개인 평가에 대한 인색함이다. 벌써 개인, 팀, 본부, 부문 실적 평가를 통해서 줄 세우기가 시작되고, 연말에 가서 개인별 성과물도 달라질 것이다. 가끔 사람과 사람 사이에 벽을 느낀다. 깨고 싶어도 쉽게 깨어지지 않는 벽, 그런 벽 앞에 카멜레온처럼 살기도 했었다. 정의에 반하는 일들도 있었지만, 용케도 그럭저럭 잘 버텨왔다. 그러고 보면 밥값은 한 것 같다. 이제부터 불교에서 말하는 하심(下心)으로 살아갈 수밖에.

(2023. 08. 29)

가
을

OFFICE

　구월의 초입, 제법 새벽 공기가 쌀쌀하다. 긴팔 티셔츠를 입고 출근했다. 폭염에 힘겨웠던 여름날의 풍경이 흐려진다. 출근길 지하철에서 정끝별 작가의 '파이의 시학' 평론집 책장을 넘기는데, 함민복 시인의 '구혼'이란 시(詩)를 읽다가 저절로 미소가 지어진다. (2023. 09. 01)


　"불알이 멈춰 있어도 시간이 가는 괘종시계처럼

　하체에 봄이 오지 않고 지난한 세월을 출근한 얼굴

　장미꽃이 그 사내를 비웃었다

　너는 만개하지 못할 거야

　그 후, 시든 장미꽃이 다시 그 사내를 비웃었다

　그래도 나는 만개했었어"

# #300

정년이 삼백 일 남았다. 실감 나지 않는다. 이달을 보내면 올해도 사 분의 삼이 지나가지만, 연중 대부분의 업무가 사 분기에 몰려 있다. 병렬 처리가 가능할까? 이맘때면 에너지는 고갈되고, 가을앓이가 더해져서 한계를 느낀다.

한계,

그 한계는 언제나 있었다. 오늘 많이 힘들었지. 토닥토닥. (2023. 09. 04)

# #299

아침에 샤워하는데 물이 차갑다. 얼른 온수로 바꿨다. 창밖에 비가 내리고 계절도 여름에서 가을로 옮겨 가고 있다. 생각은 담벼락을 넘지 못하고 집 안에 갇혀서 사유의 결핍을 느낀다.

목동 교보문고에서 책 네 권 '승자의 안목', '하마터면 열심히 살 뻔했다', '오늘부터의 세계', 그리고 '플랫폼 제국의 미래'를 샀다. 주말에 집에서 천천히 책이나 읽어야겠다. '하마터면 열심히 살 뻔했다' 책 속에 이런 내용이 있어서 요약해 옮겨본다.

무라카미 하루키의 데뷔작 '바람의 노래를 들어라'에는 이런 장면이 나온다. 태평양 한가운데, 조난당한 한 남자가 튜브를 붙잡고 표류하고 있다. 그때 저 멀리서 똑같이 튜브를 붙잡은 한 여자가 헤엄쳐 온다. 그들은 나란히 바다 위에 떠서 맥주를 마시며 이런저런 잡담을 나눈다. 밤이 새도록 이야기를 나눈

후 여자는 어딘가 있을지 모를 섬을 찾아 헤엄쳐 가고, 남자는 그 자리에 남아 맥주를 마신다. 여자는 이틀 낮, 이틀 밤을 헤엄쳐 어딘가의 섬에 도착하고, 남자는 그 자리에 술에 취한 채 구조대에 의해 구조된다. 몇 년 후 이 둘은 어느 고지대에 있는 작은 술집에서 우연히 마주치게 되는데, 여자는 굉장히 혼란스러워한다. 자신은 팔이 빠져라 열심히 헤엄쳐서 살았는데, 그 자리에서 아무것도 하지 않은 그 역시 살아있다니. 여자는 헤엄치면서 '남자가 죽었으면 좋겠다'라고 생각했노라 고백한다. 하지만 남자는 살았다. 열심히 헤엄친 그녀와 똑같이.[*]

살면서 '열심히'라는 말을 밥 먹듯이 들으면서 살아왔다. 열심히 살지 않으면 죽는 줄로만 알았고, 우리는 그렇게 교육받았다. 우리가 믿었던 것과는 다르게 인생은 이처럼 아이러니하다. 열심히 살지 않아도 잘 살 수 있다면 괜찮지 않을까? (2023. 09. 05)

..............................

[*]  하완, '하마터면 열심히 살 뻔했다', 웅진지식하우스(2020), p17~19

# #297

제대로 잠을 자지 못했다. 밀린 업무로 뒤척였다. 여섯 시 오십 분에 출근해서 컴퓨터를 켠다. 메일함을 열면 받은 편지함에 쌓여 있는 오십 단위의 숫자에서 썩은 냄새가 난다. 치워도 치워지지 않는 쓰레기. 읽은 편지함, 임시 보관함, 그리고 지운 편지함으로 분리수거를 한다. 오랜 시간 늘 그렇게 분리수거를 하며 살아왔다.

구내식당에서 아침밥을 먹고 아이스 아메리카노를 쭉쭉 빨아 당기며, 종일 검증과 문서를 검토하면서 보고서를 썼다. 고향 친구로부터 전화가 걸려 왔다. 태풍과 폭우로 올해 농사는 망쳤다며 씁쓸하게 웃는다.

정년 다 됐지?

그래, 내년 상반기야. 올 추석에 고향에서 얼굴 한번 보자. (2023. 09. 07)

# #296

해피 프라이데이! 평소 같지 않게 늦잠을 잤다. 쌀을 씻어 전기밥통에 넣고 취사를 눌렀는데, 자꾸만 보온에 불이 들어온다. 밥통 뚜껑을 여러 번 여닫고 취사를 선택했는데, 이거 뭔가 잘못된 거 같다. 이번에는 전기 코드를 뽑고 재시도했지만 마찬가지다. 일단 보온을 눌렀다. 그러다가 한참 시간이 지난 후에 뚜껑을 열어보니 귀신같이 밥이 되어 있다. 이게 어떻게 해서 밥이 됐지? 역시 나는 천재야!

아내가 퇴근해서 저녁을 먹는데, 스팀에 찐 것처럼 설익은 것 같기도 하고, 물에 부풀린 것처럼 밥맛이 이상하다면서 밥이 왜 이러냐고 묻는다. 밥통에 물어보라고 했더니, 기계는 거짓말을 하지 않는단다.

아! 이거 어디에서 많이 들어본 것 같다. 아내가 휴대전화와 컴퓨터를 사용하다가 잘못되어 물을 때마다 했던 말을 그대로 되돌려준다. 하루 종일 집에서 설거지도 하고 밥도 했는데, 고맙다는 말 한마디 듣지 못했다. 기계보다도 못한 인간이 되었으니 왠지 모르게 씁쓸하다.

모든 것들에 대해서 완벽한 인간은 없다.

(2023. 09. 08)

#294

　맨발로 지양산을 걸었다. 길 위에 밤송이가 떨어져 굴러다니고 가을 향기가 산을 덮자, 사람들의 얼굴에 가을이 물든다. 이런 날에는 버스를 타고 도심을 벗어나 한적한 곳으로 숨어들고 싶다. 매 순간이 바닥이고 아픔이라 생각했는데, 지나간 시간은 언제나 별처럼 빛난다. 이백구십사 일 남았다. (2023. 09. 10)

# #289

　재난문자방송 최적화 작업으로 꼬박 밤을 새웠더니 피곤하다. 풀리지 않는 문제를 붙들고 뒤척일 때 시간은 빨리 간다. 자동차를 몰고 집으로 가는 길, 뒤쫓아 오는 자동차가 경적을 울린다. 왜 저러는 거야, 아차 피곤해서 정신을 놓고 졸음운전을 한 것 같다. 이러다가 죽을 수도 있겠구나!

　집에 도착해서 씻지도 못하고 침대로 바로 직행했다. 피곤했는지 한참을 뒤척이다 잠이 들었는데, 깨어나 보니 벌써 오후 다섯 시다. 휴대전화에 문자와 부재중 전화가 껌딱지처럼 달라붙어 있다.

　추석을 맞이해서 회사가 임직원에게 보낸 선물이 도착해 있다. 오늘 밤에는 소고기를 구워서 술이나 한잔해야겠다. 힘든 시간도 알코올에 흡수되고 분해되어 조금은 위안과 위로가 되지 않을까 싶다. 이런 호사(豪奢)도 올해가 마지막이라니 아쉽다. (2023. 09. 15)

# #288

　창문 너머 바깥세상을 물끄러미 쳐다본다. 앤서니
스토의 '고독의 위로' 책을 읽다가 덮고 집을 나왔다.

　시흥 연꽃테마파크에 칠월부터 꽃을 피우기 시작
한 연(蓮)이 아직 지지 않고 드문드문 남아 있다. 연
꽃의 꽃말은 '당신은 아름답습니다'라고 한다. 진흙탕
속에서도 아름다운 꽃이 피고 흙탕물에 젖지 않는 것
을 보면서 한 사람의 생애가 저랬으면 좋을 것 같다.

　지나오는 길에 물왕저수지 카페 풍경에서 커피를
마시며, 파문의 잔상을 잡고 앉아 있다. 창문 너머 고
추잠자리가 수평을 잡고 가을 하늘을 받쳐 들고 있
다. 수평이 수직으로 바뀌면 가을은 물왕저수지를 물
들이고, 내 마음마저 물들여 풍경 안에 풍경으로 남
을 것이다. 이곳에 또 오고 싶다. 그리움처럼.

(2023. 09. 16)

# #286

    가을의 초입, 조금만 걸어도 땀이 난다. 아직 여름은 끝나지 않았다며 얄미운 계절이 이마와 등줄기, 그리고 땀구멍을 마구 쑤셔놓는다. 직장생활도 벌써 삼십 년이 되었다. 3~4킬로그램 되는 백팩을 짊어지고 쉼 없이 걸었다. 최근에 와서 초경량 노트북으로 바뀌면서 무게가 많이 줄었지만 그래도 버겁다.

    퇴근길 지하철 문이 열리자, 백 미터 경주라도 하듯이 질주하는 사람들. 에스컬레이터에서도 예외는 아니다. 제기랄, 저렇게까지 살아야 하나 싶다가도 나도 모르게 걸음이 빨라진다. 이러다가 미치는 것은 아닐까? 미친 세상에 제정신으로 살아가는 게 신기하다. 이미 미쳐 있는 자신을 보지 못할 뿐이다.

(2023. 09. 18)

입안이 헐어 음식을 먹기도 힘들다. 최근에 많은 일이 동시다발적으로 겹쳐서 피곤했나 보다. 내년 상반기 정년을 앞두고서 이렇게 열심히 살아도 되나 싶기도 하다. 정년을 앞둔 사람에게 후한 평가가 주어지는 것도 아닐 텐데.

나이 들면 그 어떤 노력으로도 한계를 극복하기 어려울 때가 있다. 열심히 한다고 해서 달라지는 것은 아무것도 없다. 그렇다고 밀린 업무를 소홀히 한다는 것은 내 성격에 맞지 않다. 최선이라고 생각했던 것들에 집중하며 살아온 습성을 한순간에 바꾼다는 것은 결코 쉬운 일이 아니다. (2023. 09. 21)

　추석을 앞두고 일주일 앞당겨 새벽길을 달려 고향에 왔다. 성묘를 마치고 해안도로를 달린다. 창문을 열자 시원한 바닷바람과 갯내가 한가득 파도처럼 밀려든다. 고깃배가 그물을 던지자, 바다는 보석처럼 빛난다.

　쉽게 내려놓을 수 없는 욕망이 바다에 파닥인다. 그러다가 소금인형처럼 흔적도 없이 사라지고, 들녘은 황금빛으로 출렁이며 나뭇잎은 연한 갈색으로 물든다. 창선 앞바다 죽방렴(竹防簾)에 어부가 뜰채를 건져 올리자, 멸치가 은빛으로 허공을 가른다. 참으로 경이롭다. (2023. 09. 23)

아침에 샤워하는데 물이 차갑다. 계절의 변화는 알레르기에서 시작된다. 심한 재채기와 피부 건성으로 고통스러운 시간을 견뎌야 하는 계절이다. 방 안을 서성이다 이곳저곳 책장을 뒤진다. 가을에 잘 맞는 책이었으면 좋겠고, 멋진 문장 하나 건질 수 있었으면 좋겠다. 중년의 삶은 삭힘의 미학이라 생각한다. 곧 찾아올 나의 겨울을 위해서 덜어내고 비우면서 내게 남은 중년의 시간을 푹 삭혀봐야겠다.

(2023. 09. 24)

내년 유월이면 정년퇴직이다. 아직도 머뭇거림과 미완의 사랑이 남았다. 무엇을 할 것인가? 어떻게 살 것인가? 생(生)의 물음들은 아직 거기 있는데, 언제쯤 그런 물음들에 답할 수 있을까?

차창에 기대어 뉘엿뉘엿 저물어가는 석양에 노을을 바라보며 바람을 안고 걸었던 우도(牛島)를 떠올려본다.

「우도」

성산항에서 손을 뻗으면 만지작거리는 섬으로 간다 바람이 길을 만들고 볼과 귀와 몸을 후려갈기며 반갑수다 예 세상에서 가장 격한 환영식을 하는 곳 이곳은 바람이 주인이고 왕이다 바람의 영토에 사람이 들어와 사는 곳 풀도 나무도 사람도 무릎 꿇게 하는 곳 꿇어야 산다 밤이면 살아서 뭍으로 나가는 꿈을 꾸고 탐라(耽

羅)만이 왕국이라 믿었던 바람의 땅 눈물은 검은 돌 속에 길을 내어 숨비소리가 되고 거센 바람은 별의 눈을 씻어 저렇게 반짝반짝 빛나고 있다 ('23. 4. 제주 우도에서)


새로운 길을 걷는 일은 아름다운 풍경 속에 언제나 낯선 존재일 뿐, 아무도 대신해 주지 않는 삶이라면 열심히 살아갈 수밖에. (2023. 09. 29)

# #271

 어떻게 하면 잘 놀 수가 있을까? 노는 방법도 연습이 필요하다는 사실을 정년이 가까워지면서 알게 되었다.

 인연도 쉽게 끊을 수 있을까? 이런 문제에 대해서 고민하게 된다. 오히려 이해관계가 없는 인연은 괴로움이 없지만, 이해관계가 얽히고설킨 인연은 버거움과 감당할 수 없는 고통을 동반하게 되는 것 같다.

 잠시 호저(豪豬)의 거리를 생각한다. 쇼펜하우어는 사람과 사람 사이의 거리를 '호저들의 안타까운 모순 속에 있다!'라고 말했다. 사람과 사람 사이에도 적절한 거리를 유지해야 오래 그리고 멀리 갈 수가 있다.

(2023. 10. 03)

# #269

   가을의 초입, 날씨가 많이 싸늘해졌다. 사람들의 옷은 두꺼워지고 몸을 움츠러든다. 보라매 검증센터로 출근해서 점심을 먹고 보라매공원을 걸었다. 벌써 나뭇잎은 붉은색으로 옷을 갈아입고 바람에 흔들린다. 바람에 흔들리는 것은 나뭇잎만이 아니다. 모든 것이 바람에 흔들리며 이 계절을 지나가고 있다.

(2023. 10. 05)

나뭇잎마다 물감이 번지듯 물든다. 담벼락 담쟁이
는 벌써 가을로 물들어 카미유 피사로 그림엽서처럼
걸려 있다. 종로구 부암동 골목길 주택 창문에 쓰여
있는 글에 눈길이 머문다.

「감사」
전하는 손길과 받는 손길에 축복의 향기를 남기는
꽃보다 귀한 꽃

감사를 꽃보다 귀한 꽃이라 말한 이는 누구였을
까? (2023. 10. 07)

# #265

　큰 딸아이와 함께 계남산을 걸었다. 벌써 나뭇잎
에 가을이 내려앉는다.

　아빠 친구 딸은 미국에서 공부하다가 그곳 남자를
만나서 결혼해 살고 있다고 하더라.

　아빠, 누구?

　지영이라고, ○○외고 나와서 S대 나왔는데. 너도
알 텐데.

　응, 알아! 아빠, 나도 결혼하면 좋겠어?

　그게 아니라….

　난 결혼하고 싶지도 않고, 그냥 아빠 엄마와 같이
살려고.

　벌써 오래된 일이지만, 장남인 내가 결혼하지 않
으려고 했을 때 그때 부모의 마음이 어땠는지 이제야
조금은 알 것 같다. (2023. 10. 09)

　강화대교를 건너자, 벼가 익어 황금빛으로 물들고 있다. 가을은 자연과 사람이 한 몸이 되어 축제를 연다. 풍경을 보고 있으면 웃음이 나오고 고개를 끄덕이며 공감하는 계절이기도 하다.

　등전사 대웅전 앞마당을 천천히 걸었다. 템플 스테이에 참여하는 사람들의 걸음걸이에서 비움과 경건함을 느낀다. 꽃게탕과 밴댕이회를 늦은 점심으로 먹고, 강화도에서 유일하게 하루 종일 물이 빠지지 않는 바닷가, 'cafe 109 house'에서 커피를 마시며 눈부시도록 아름다웠던 기억을 붙잡고 있다.

　오래전 회사 출장길에 잠시 들렀던 그리스 에게해 산토리니섬 푸른 바다와 언덕 위 하얀 집을 생각했다. 밤바다에 눈을 맞추고 뉘엿뉘엿 저물어가는 석양에 노을을 오래도록 바라보고 있다. (2023. 10. 14)

　은평 한옥마을은 북한산을 마주 보고 자리 잡은 한옥의 고풍스러움이 은밀하다. 과거와 현재가 공존하는 것은 아름다움을 넘어 수준 높은 문화를 만들어가는 힘이라 생각된다. 한옥의 멋은 온돌과 대청마루, 곡선의 아름다움, 그리고 자연과의 조화에 있다는 내용의 글을 읽었던 것 같다. 창살의 미적 감각과 창호지를 통해서 비치는 불빛의 은은함은 가히 설명하기 어렵다. 한옥마을 '셋이서 문학관'을 둘러봤는데, 여기서 말하는 '셋이서'는 천상병, 중광, 이외수를 일컫는다. 중광의 '걸레'에서,

　　"나는 걸레

　　반은 미친 듯 반은 성한 듯 사는 게다"

　미치지 않고 제정신으로 살아간다는 것은 어려운 일이다. (2023. 10. 15)

    퇴근길에 후배들과 오징어나라 횟집에서 광어 모둠회로 소맥을 마셨다.

    형님! 이백오십칠 일 남았습니다.

    아직도 그렇게 많이 남았어.

    늦은 밤까지 술을 마시며 걸어온 날들과 얼마 남지 않은 시간을 저울질하고 있다. 어떤 게 무거울까?

(2023. 10. 17)

# #254

   피부에 와닿는 바람이 쌀쌀하다. 벌써 가을 속에 겨울이 꿈틀거린다. 낮과 밤의 기온 차로 조금은 어정쩡한 계절이지만, 사람들은 제법 두꺼운 옷으로 갈아입었다. 거리에 떨어져 있는 낙엽이 바람에 이리저리 흩날린다. 왠지 모를 쓸쓸함에 마음은 구멍이 뻥 뚫린 것처럼 공허하다.

   쉽게 사랑할 수 없는 계절, 가을에 떨어져 뒹구는 것이 낙엽뿐이겠는가. 오늘도 덧셈이 아닌 뺄셈으로 살았다고 노트에 쓴다. (2023. 10. 20)

# #253

    강원도 인제 원대리 자작나무 숲에 왔다. 서울에서 원대리 자작나무 숲 주차장까지 세 시간이 걸렸고, 신작로를 한 시간 정도 걸어 올라가면 자작나무 숲을 만나게 된다. 가을 단풍은 머리 위로 내려앉아 있고, 바람이 불면 자작나무는 하얀 속살을 드러내어 순백의 세상을 보여준다. (2023. 10. 21)

　가을은 짧은 일생을 추억하게 하는 무한한 거리감 같다. 가을은 잠시 집착으로부터 떠나 여기에 왜 와 있는지 자문하게 만드는 울림의 시간과도 같다. 가을엔 무능이 죄가 되지 않고, 삶을 한 번쯤 되돌릴 수 있어서 좋다.

　지평선 노을처럼 느리게 물들고 싶다. 저무는 길 발자국마다 물든 가을을 한 줌 담아 그리운 사람에게 편지를 써서 보내면, 네 가을밤도 고운 단풍으로 물들어 뒤척이며 불면의 밤을 보내겠지. (2023. 10. 22)

「가을밤」

베개에 이마를 묻고 뒤척이는 밤

고향 집 청마루에 쓰르라미 울고 있으리

베개에 이마를 묻고 뒤척이는 밤

고향 집 지붕 위에 호박은 익어가고 있으리

나목처럼 야윈 노모의 기침은 담벼락을 넘고

고향 집 앞마당에는 홍시가 달빛을 품고 있으리

(박갑성, '풍경소리', 예미(2018), p67)

　가을의 길목에서 서대문구 안산 자락길을 걷는다. 연세대학교 캠퍼스에서 시작해 7킬로미터 숲길을 걷다 보면 메타세콰이어가 군락을 이루고 인왕산, 북한산, 청와대 등 다양한 조망을 즐길 수 있다.

　안산 자락길 아래에 서대문형무소가 있는데, 김훈의 '라면을 끓이며' 마지막에 나오는 '1975년 2월 15일의 박경리' 글을 문득 생각했다. 몹시 춥고 추운 겨울이었다. 오래전의 일이지만 책을 읽다가 덮고 한참을 울먹였던 기억이 있다.

　바람에서 가을 냄새가 난다. 향기롭다. 인생(人生)에 사계가 있다면 나는 늦가을 속에 있다. 그런데 향기롭지 못하다. 내려놓지 못한 삶의 무게로 자꾸만 썩은 냄새가 진동한다.

　실체가 없는 삶을 살다 보니 남이 인정해 주는 명함에 탐닉(耽溺)한다. 알고 보면 명함에는 직위는 있으나 실체가 모호하다. 남을 의식하는 삶을 살다 보니 삶이 향기롭지 못하다. 직장 안에는 두 계절만이 존재한다. 여름과 겨울 즉, 뜨거움(경쟁)과 차가움(평가)뿐이다. (2023. 10. 23)

# #248

　이사하고 첫 출근이다. 이방인처럼 서툴고 자꾸만
부끄럼을 탄다. 버스 타는 일부터 긴장되는 아침, 을
지로입구역으로 가는 버스를 타야 하는데. 제기랄,
서울역으로 가는 버스를 탔다. 오후에는 행정안전부
주관, 5G SA 재난문자 회의가 있었다. 'Geo Fencing'
재난문자 고도화 방안에 대해서 심층 토의가 있었고,
향후 과제에 대해 방향성을 설정하는 회의였다. 최근
에 무리했는지 많이 피곤하다. (2023. 10. 26)

직장생활 내내 새벽 시간에 깨어 있었다. 첫 버스, 첫 지하철, 그리고 첫 출근. 언제나 처음이라는 수식 어를 달고 살아왔다. 정년 이후에 새벽 시간은 어떤 모습으로 찾아올까? 종잇장처럼 구겨진 새벽의 시간 을 다림질하면 삶의 주인으로 살아갈 수 있을까?

기계 부속품처럼 정형화된 삶을 사느라, 새로움에 적응하지 못하고 타인의 삶을 기웃거리며 헤매는 것 은 아닐까? 살아가며 익숙한 것과의 결별이 쉽지 않 은 까닭은 무엇인가? 알면서도 쉽게 변하지 않는다. 정년과 함께 살아온 날들의 초기화가 필요한 시간 이다.

초심으로 돌아가자. (2023. 10. 30)

# #243

시월의 마지막, 모든 것들이 어수선하다.

다섯 시 사십오 분, 국가인권위원회 앞 버스정류장에서 8100번을 기다리고 있다. 목적지가 다른 버스들이 줄지어 지나가고, 옷깃을 흔드는 바람과 손끝에서 겨울을 예감한다. 헤드폰으로 최백호의 '부산에 가면' 노랫말을 흥얼거렸다.

"부산에 가면 다시 너를 볼 수 있을까 고운 머릿결을 흩날리며 나를 반겼던 그 부산역 앞은 참 많이도 변했구나 아무 생각 없이 찾아간 광안리 그때 그 미소가 그때 그 향기가 빛바랜 바다에 비쳐 너와 내가 파도에 부서져 깨진 조각들을 맞춰본다 부산에 가면"

고단했던 청춘을 보듬어준 곳, 사랑했던 사람들과 가끔 걸었던 광안리 바닷가를 생각한다. (2023. 10. 31)

#242

    간간이 비를 흩뿌렸다. 한 해가 끝나가는데, 아직도 많은 일로 골머리를 앓고 있다. 평소에 일복이 많다고 생각했지만, 이렇게 많을 줄 몰랐다. 주변 동료들은 직장생활 말년에 뭘 그렇게 열심히 하냐고 말하지만, 바람은 쉼 없이 나를 흔들고 가만히 내버려 두지 않는다. 직장생활도 여행이라 생각하면서 긴 호흡으로 견뎌왔다. 나를 둘러싸고 있는 이해관계 속에서 이제는 벗어나고 싶다. (2023. 11. 01)

여행은 설렘이다. 언제 들어도 가슴을 뛰게 한다. 그래서 여행지는 마음속에 품었던 낯선 고향과 같은 곳이라 말할 수 있다. 홍도 여행을 앞두고 주말 비 소식에 자꾸만 하늘을 쳐다봤다. 소풍 전날 설렘으로 보냈던 유년의 시간처럼.

목포행 기차는 출발 시간이 되자 육중한 무게를 이끌고서 플랫폼을 유유히 벗어나고 있다. 열차 역방향 좌석에 앉았는데, 시간이 미래, 현재, 그리고 과거로 흘러가는 착각을 불러온다. 마치 시간이 젊어지는 것 같다.

목포역에 열 시 오십 분에 도착했다. 사람들은 제각기 목적지를 향해서 분주히 발걸음을 옮긴다. 목포 연안여객선터미널 부근 제주식당에서 돌게장 백반을 먹었다. 돌게장도 맛있었지만 계속해서 갓김치에 손길이 간다. 열두 시 삼십 분, 고속페리를 타고 흑산도

를 지나 두 시간 사십 분 만에 홍도에 닿았다. 홍도에서 바라보는 바다는 고운 은빛으로 출렁이고, 보석처럼 반짝이는 그리움을 마음속에 품고 있는 듯하다.

해녀촌에서 해삼, 전복, 뿔소라, 그리고 자연산 홍합(섭)을 먹었다. 저녁놀이 붉고 아름다워 '홍도'라 불리게 되었다는데, 잔뜩 찌푸린 날씨에 석양의 노을은 보지 못했다. 눈을 감으면 파도 소리와 바람의 숨소리뿐, 존재의 사유를 잊고 바람의 능선에 앉아 고독을 밤바다에 던져주었다.

파도 소리에 잠을 설쳤다. 새벽 시간에 깨어나 휴대전화 손전등으로 길을 밝히며, 깃대봉 정상에 섰다. 자욱한 안개와 한두 방울 떨어지는 비에 홍도의 풍경을 마음에 담지 못해 아쉬움만 가득했다.

홍도의 절경은 유람선을 타고 감상할 수 있는데, 해상관광 중 으뜸으로 꼽아도 손색이 없을 것 같다. 깎아지른 절벽에 뿌리를 내리고 서 있는 향나무와 소나무를 보면서 쉽고 편하게 살아가고 있는 것은 아닌지 삶의 태도를 되돌아보게 한다. 섬사람들의 척박한 삶과 고단한 생이 홍도의 이름을 닮아 붉은빛으로 더욱 빛난다.

오후 세 시 삼십 분 홍도에서 출발한 배는 여섯 시 십 분에 목포여객터미널에 닿았다. 숙소를 잡으려고 근대역사거리를 걷는데 일본식 건축물이 줄지어 서 있다. 일제강점기를 경험하지 못했지만, 불행했던 역사가 생각나서 묘한 감정에 자꾸만 발걸음을 멈추었다.

게스트하우스가 드문드문 불을 밝히고 다양한 문화체험 행사가 밤을 화려하게 수놓는다. 우연히 들렀던 호텔 목화(Hotel Mokhwa), 커피집과 숙소를 같이 운영하는 곳인데, 주인장의 숙소 자랑이 대단하다. 호텔 목화는 시간이 멈춰버린 듯 많은 이야기와 세월의 흔적을 간직하고 있다. 처음에는 유성여관으로 시작해서 관해장을 거쳐 호텔 목화에 이르렀다고 하는데, 리모델링으로 내부는 깨끗했고 드문드문 남아 있는 옛 흔적은 향수에 젖게 한다.

역대 대통령들도 목포를 방문하면 이곳에 머물렀

다고 하니 칠십 년대에는 대단했던 모양이다. 숙소 옥상에 서면 유달산과 저 멀리 월출산이 눈에 들어오고, 포구에 정박한 배와 오래된 집 창문 틈으로 새어 나오는 불빛과 야경은 눈부시도록 아름답다. 입구 벽에 쓰인 '시간을 흉내 낸 곳은 많지만, 시간을 간직한 곳은 많지 않습니다', 유서 깊은 호텔 목화에서 하룻밤을 보낸다.

상호가 맛깔나게 예쁜 '여가 카페여'에서 커피와 빵으로 아침을 해결한 후에 목포 해상케이블카를 타고 바닷가 고하도 해상테크 길을 걸었다. 갑자기 쏟아지는 비로 유달산은 오르지 못하고, 한미르 한식집에서 남도의 정갈하면서도 깔끔한 식단의 점심을 먹었다.

어둑어둑해지는 차창 밖으로 가을비가 내린다.

(2023. 11. 03)

정동길 카페에 앉아서 편지를 쓴다. 펜을 들자, 손
끝에 물드는 가을! 단풍잎처럼 고운 빛깔로 물들어
네 어깨에 비스듬히 내려앉고 싶다. (2023. 11. 06)

# #236

 주말부터 비가 추적추적 내리더니 오늘까지 계속되고 있다. 비가 그치면 겨울이 찾아올 것이다. 최저기온 3도, 사람들은 두꺼운 외투에 목도리까지 걸쳤다. 겨울이 오는 거리는 스산하다.

 후배가 내게 묻는다. 선배! 정년이 얼마 남지 않았는데 기분이 어때요? 빨리 나가고 싶어요, 더 있고 싶어요?

 글쎄다.

 마음속의 갈피를 가늠할 수 없다. 한 곳에 오래 머물러 있었다. 한 인간으로서 고민보다는 기계 부속품처럼 정형화된 삶을 살아왔기에 그런 물음들에 대해서 답은 쉽지 않다. (2023. 11. 07)

해마다 이맘때면 만나는 직장동료마다 모두 죽겠 단다. 어디 힘들지 않으면 회사에서 월급 주고 쓰겠 는가? 그래도 좋은 직장에서 근무한다 생각하고 죽지 말고 살아라.

오래전 업무 회의에서 만났던 동료가 시간 되면 얼 굴이나 보자고 해서 점심을 같이 먹었다. 얼굴과 몸 이 불편해 보여서 혹시 무슨 일이 있었냐고 물었는 데, 어렵게 말을 꺼내더니 오래전 유방암 진단을 받 고 수술이 잘 끝났다고 안심했는데, 암이 여러 곳으 로 전이되어 투병생활을 한 지 오래되었다고 했다.

어떤 위안(慰安)의 말을 해줄지 한참을 망설이다가 시간이 되면 조용한 숲길을 걸으면서 바람과 나무와 자연의 숨소리에 기대어보라고 했다. 그러면 현실의 좋지 않은 생각과 집착에서 조금은 벗어날 수 있을 거라고. 가끔 직장동료들이 찾아와서 어려운 속마음을 내게 풀어놓는 일이 종종 있는데, 따뜻한 선배로 기억되고 있는 것 같아서 고마웠다.

지하철 부분 파업으로 도로는 주차장이 되었고, 사십 분 퇴근길이 두 시간 넘게 걸렸다. (2023. 11. 09)

무한의 시간을 붙잡고 용산역에서 경춘선을 탔다. 번잡한 도시 풍경이 밀물과 썰물로 만나 줄다리기를 한다. 삭막한 도시, 생의 버거움도 언젠가는 아름다운 편지 속 함초롬한 풍경으로 물들겠지.

강촌역 산골짜기마다 형형색색으로 물드는 나뭇잎에 가끔은 나의 결핍도 가을처럼 물들 수 있다는 것을 중년이 되어서 알게 되었다. 강촌레일파크 경강역 차가운 벽에 있는 어지러운 낙서들로 현기증이 난다. 마치 살아온 날들의 환영(幻影) 같다.

벽에 이런 글귀가 쓰여 있다.

2010. 5. 22.  10년 뒤에 또 와서 확인할 거다.

2020. 8. 30.  약속대로 10년 후에 다시 왔다. 그녀와 아이 둘과 함께.

댓글이 인상적이다.

20년 30년… 그리고 더 많은 시간
두 분의 사랑이 언제나 함께하길
선희가 응원해요
- 그 이선희 님 맞음 (김이나 올림)

여기에서 이선희, 김이나 님은 유명한 가수, 작사가로 실존 인물이다. KBS 다큐를 촬영하면서 댓글을 남겼던 것 같다. 유튜브에서 '한 번쯤 멈출 수밖에'를 찾아보시길. 고단한 삶을 살아내야 했던 낡고 헐한 그림자 위에 뜨거운 사랑과 응원의 메시지가 그리움처럼 겹겹이 배어 있다.

강촌역에서 자동차로 이십여 분 거리에 있는 전원주택에 주말에 내려와 쉬고 있는 군대 선배와 함께 등갈비를 굽고 술 한잔하면서 단풍잎 같은 추억을 모닥불에 던져주었다.

새벽녘, 선배는 잠든 후배를 위해 잠을 청하지 못

하고 꺼져가는 난롯불에 장작을 몇 번이나 밀어 넣었다. 병영생활에서는 소대장, 사회에서는 인생 선배에게 느끼는 고마움과 감사함을 헤아려본다. 산속의 밤은 빨리 찾아온다. 밤하늘에 별이 빛나자 내가 우주의 주인공이자 중심이라는 사실을 다시금 깨닫는다.

(2023. 11. 11)

# #231

　중년의 나이에 방황하고 있는 내가 우습다. 글 쓰기와 책 읽기도 내려놓고, 아무런 이유 없이 서성이다가 길을 잃었다. 중년의 나이에 길을 잃어도 괜찮은 걸까? 아내와 인왕산 둘레길을 걸었다. 바람은 차가웠지만 코로 깊은 숨을 들이마신 다음 입으로 내뱉자, 온몸이 솔향으로 물든다. 종로 골목길을 걷다가 들깨칼국수와 도토리묵에 가평 잣막걸리를 마셨는데 두 잔에 취한다. 지구가 흔들린다. (2023. 11. 12)

# #228

    살아가는 과정은 수많은 관계로 연결되어 있다. 직장생활에서 관계 설정은 그만큼 중요한 요소로 작용한다. 잘 알고 지내던 동료가 팀장으로 승진해서 다른 본부에서 근무하는데, 우연히 구내식당에서 마주치게 되었다.

    왔으면 왔다고 인사하러 와야지. 형 요즈음 잘 지내고 있어?

    직장생활을 하면서 가장 듣기 싫은 말은 전화도 하지 않고, 왔으면 찾아오지도 않는다고 말하는 부류 (部類)의 사람들이다. 먼저 찾아주고 전화해 줄 수 있는데 말이다. 이런 사람에게 먼저 다가가고 싶지 않다. (2023. 11. 15)

# #225

　가을엔 어쩔 수 없다. 주름살이 늘어나고 단풍으로 물들 수밖에. 가만히 하늘을 들여다보면 마음속에는 파란 물감이 들고, 손바닥을 가만히 들여다보면 실개천처럼 추억이 흐르고, 유년 시절 짝사랑했던 소녀의 얼굴도 가을처럼 물든다.

　인왕산 산행 길에서 만난 칠십 대 중반의 노부부가 건네는 말이 가을처럼 예뻤다.

　연희야, 산에 오니까 너무 좋지! 다음에 또 오자.

　가을은 그렇게 물들고 있다. (2023. 11. 18)

「한계령을 넘다가」

사랑이 뜨겁게 뜨겁게 익어

단풍잎 되어 걸렸나

떨어진 낙엽마다

겹겹이 머뭇거림이 남아있네

길 위에 떨어졌어도

며칠은 내 눈 안에서 단풍잎으로 물든다

저 뜨거운 사랑

언제쯤 가능할까

한계령 골짜기마다

내리사랑으로 물드는데

(박갑성, '풍경소리', 예미(2018), p56)

　나이 들면서 며칠 전에 들었던 이름과 전화번호도 잊어버리기 일쑤다. 그렇다면 기억이란 뭘까? 무의식 속에서 깨어나는 세포 분열 같은 것은 아닐까? 데이터가 입력되고 경험이 쌓여 필요에 따라서 재생산되는 과정이 기억이라 생각된다. 풍부한 독서와 학문의 진보를 통해서 새로운 지식을 탐닉하는 행위는 말랑말랑한 뇌를 유지하는 데 도움이 될 것 같다.

　챗GPT도 입력되는 데이터 양에 따라 똑똑해지듯이 한계는 있겠지만, 인간 또한 같은 맥락이 아닐까 싶다. 퇴근길에 교보문고에서 김상욱 교수의 '하늘과 바람과 별과 인간'과 유시민 작가의 '문과 남자의 과학 공부' 책 두 권을 구매했다. 기억의 메모리에 지워지는 정보량의 속도보다 더 많은 양의 정보를 입력하는 일이 중요하다. (2023. 11. 20)

# #222

　며칠 전부터 심한 비염으로 고통받고 있다. 해마다 반복되는 이놈의 비염을 치료할 수는 없을까?

　늦은 오후 낯선 사람으로부터 부고를 받았다. 누굴까? 오래전에 직장생활을 같이했던 선배의 부고였다. 아마도 선배의 휴대전화에 저장된 번호로 연락을 한 것 같다.

　'잘 지내시죠? ○○○ 와이프 됩니다. 형님이 SK텔레콤에서 같이 근무했던 사람들과 그 시간을 늘 많이 그리워했습니다. 그래도 본인의 건강이 안 좋아서 연락도 자제하고 그리움만 토로하더군요. 형님이 그리워하던 분들이라 그분들을 대표하여 연락드립니다.'

　가슴이 먹먹하다. 투병생활을 까마득히 몰랐다. 항상 후배들을 아끼는 마음이 따뜻했고, 불의를 보면 참지 못하고 헌신적인 선배로 기억된다. 퇴직 후에도 꾸준히 연락이 오갔고, 부산에 내려갈 때마다 만났었다. 최근 몇 년 사이에 연락드리지 못했는데 그렇게 마지막이 됐다.

투병생활을 하면서 후배들을 그리워하고 얼마나 보고 싶어 했을까? 이젠 살아온 날들보다 살아갈 날이 적게 남았다. 가까운 사람들의 부고를 접할 때마다 그 느낌은 남다르다. 이제부터 남은 시간은 더하기 빼기 하지 말고 합집합으로 살아가야겠다.

연차휴가를 내고, 아침 일찍 부산행 기차를 탔다. 텅 빈 들녘에 하얗게 서리가 내려앉았다. 지금의 내 삶과 맞닿아 있는 것 같아서 모든 것들이 생경(生硬)하다. 장례식장에 도착해서 조문하고 유가족을 위로하는데, 남편의 죽음을 받아들이기가 쉽지 않았는지 서럽게 운다. 이럴 때마다 어떤 위로의 말을 건네야 할지 잘 모르겠다.

문상을 마치고 나오는 길에 해운대 바닷가를 걸었다. 푸른 바다가 내 눈 안에서 푸르게 물든다. 동백섬 동백나무는 알고 있을까? 인간의 슬픔과 고통의 최대치가 어떻게 되는지. (2023. 11. 21)

# #221

   한 해의 끝자락, 십일월 말이 되자 슬그머니 조직 개편과 인사이동 이야기가 흘러나온다. 많은 사람들이 귀를 쫑긋 세우고 관심사가 같은 방향으로 향해 있다. 그러고 보면 나는 참 특이한 사례에 해당한다. 승진을 마음에 두고 일해본 적이 없다. 주변에 누가 승진하고 오가는지 관심이 없었다. 성공을 좇지 말고 오늘보다 내일이 진보한다면 성공은 뒤따라올 거라 믿었다. 그렇게 살아서 그런지 장기근속에 비해서 명함(名銜)은 초라하지만, 온갖 태풍을 견뎌 정년까지 왔으니 이만하면 성공한 삶을 살았다고 말해도 괜찮지 않을까 싶다.

   한 해가 간다. 오히려 한 해가 오고 있다는 생각으로 마음의 위안과 위로를 보내자. (2023. 11. 22)

　온종일 이슈를 붙잡고 있다. 여러 유관 부서가 주고받는 메일함에 자기 이야기만 있고, 누구 하나 나서서 해결하겠다는 사람이 없다. 이해는 간다. 먼저 나서는 순간 자기 일이 된다는 사실을 잘 알고 있기 때문이다.

　그렇다고 조직은 먼저 나서서 일하는 사람에게 후한 평가가 주어지는 것도 아니다. 경험에 의하면 연초에 팀 구성과 업무 분장이 완료되는 순간, 한 해의 평가도 일부분(一部分) 끝났다고 봐도 무방하다.

　살다 보면 순위가 매겨지는 세상에 생(生)은 고단하다. 오래전에 퇴임한 임원 한 분이 카톡으로 메시지를 보내왔다. '다음 주에 현직에 남아 있는 서너 명과 저녁을 먹기로 했는데, 같이했으면 한다.' 이런 연락을 받을 때마다 감사하다. 잊지 않고 찾아주는 사람이 있다는 것은 행복한 일이다. (2023. 11. 25)

# #216

　새벽부터 내린 비는 오후가 되어서야 그쳤다. 정년을 앞두고 보내는 마지막 겨울이라서 그런지 생각도 낙엽처럼 바스락거린다. 2023년도 연말 인사와 전사 조직개편 주요 일정이 공지되자 주변 동료들이 술렁인다.

　오직 한 길만을 억척스럽게 걸어왔다. 이쯤에서 길은 끝나고 이정표 없는 길 위에 서 있다. 잠깐 멈춤의 시간이 이렇게도 낯설고 생각이 많아지는 까닭은 무엇인가? 거리에 어둠이 내리고 휘청거리는 밤이다. (2023. 11. 27)

# #214

새벽녘,

아내는 반쯤 졸린 눈으로 편입 준비하는 아들의 도
시락을 준비하고 있다. 십이월이면 지긋지긋한 이른
새벽녘의 기상(起牀)도 끝날 것이다. 편입시험 결과에
따라서 아내와 아들이 일 년간 고생했던 보상도 달라
지지 않을까 싶다.

잔뜩 찌푸린 날씨, 오후가 되자 눈이 바람에 날린
다. 그냥 펑펑 내렸으면 좋겠다. 올겨울엔 따뜻한 눈
사람이 되고 싶다. (2023. 11. 29)

겨울

# #211

    마음속에서 쓰다가 지우다가, 지우다가 쓰다가, 그러다가 찢어버린 연뿌리 같은 바람 든 시간이 있습니다. Who Am I, 철학자도 아닌 내가 이미 죽은 나를 버리려고 합니다. 버려진 지 이미 오래되었다는 사실도 모르고, 쓰다가 지우다가, 지우다가 쓰다가, 자꾸만 버리려고 합니다. (2023. 12. 02)

책상에 놓여 있는 2024년도 다이어리와 달력을 받아 들고 보니 올해가 마지막이라는 생각에 감당할 수 없는 공허함을 느낀다. 그동안 회사에서 누려왔던 혜택과 온실 속 편안함의 기억은 빨리 지워야겠다. 허허벌판에 외로이 피어 있는 들꽃과 같이, 비와 바람과 폭설을 견디며 꽃을 피우듯이, 중년의 향기로운 삶을 위해 어떤 자세로 살아야 할까? 올라가는 것보다 내려가는 일이 쉬운 줄 알았는데, 아픔과 고독을 정면으로 마주하면서 이렇게 아픈 줄을 몰랐다. (2023. 12. 04)

퇴근길 횟집에서 친구들과 잔을 높이 받쳐 들고, 술잔을 비우듯이 나를 비운다. 잎 떨어진 겨울나무처럼 빈 가슴 먹먹한 저녁, 술잔을 채우고 비운다. 흔들리며 집으로 가는 길, 오늘 밤엔 별 두 개를 묻었고 별 하나를 캐냈다고, 마지막 남은 달력에 적어두려고 한다. (2023. 12. 05)

「인사이동」

슬프다

내가 사랑했던 자리마다

폐허다

내게 왔던 사람들

어딘가 몇 군데는 상처 입고

부서져 떠나간다

애잔한 마음으로

침묵의 눈빛으로

행운을 빌며

술잔을 채우고 비운다

차마 건네지 못한 말들은 슬픔

남는 자의 몫

폐허 속에 감춰진 사랑

(박갑성, '풍경소리', 예미(2018), p113)

# #207

정년이 가까워지면서 생각이 많아지는 것은 어쩔 수 없는 일이다. 당연한 과정이라 생각된다. 집착하지 말자. 말을 줄이고 불필요한 생각을 줄여야 한다. 그래야 고요함과 작은 것에서 행복을 느낄 수 있다. 그동안 익숙했던 것과의 초기화가 필요하다.

한강을 건너자, 밤을 수놓는 불빛이 황홀하다. 소소한 것에서 가슴이 뜨거워지는 것을 보면 정년이 가까워졌다는 것을 느낀다. (2023. 12. 06)

# #206

연차휴가를 내고 고향에 왔다. 구순(九旬)이 되어가는 어머니가 오랜만에 고향에 내려온 아들을 위해 굽은 허리로 불편한 다리를 끌고서 겨울 밥상을 차린다. 직접 담근 배추김치, 생굴, 생선구이, 물메깃국, 그리고 시금치가 밥상에 오르고, 밥을 먹는 아들을 물끄러미 쳐다보며 눈을 떼지 못한다.

구순의 어머니 앞에서 예순의 아들은 여전히 어린아이와 같다. 꼭꼭 씹어 먹어라, 이것도 먹어보거라, 나이가 들어서 반찬도 예전 같지 못하다면서 많이 먹으라고 자꾸만 채근한다.

어머니의 삶이 매서운 겨울을 살고 있듯이 내 삶도 초겨울에 접어들고, 어머니는 자꾸만 낡은 시간이 그립다고 했다. 별이 빛나는 밤에 어머니와 나란히 누워 이런저런 생각과 이야기로 겨울밤은 깊어지고 있다. 서러움이 창문을 흔들고 담벼락을 넘자, 별똥별 하나가 떨어진다. (2023. 12. 07)

바다가 보고 싶었다. 오래전, 부산 송정 바닷가 'Morning Calm' 카페를 생각한다. 통나무로 지어진 한옥 카페에 앉아서 눈을 감으면, 오래된 기억이 잔잔하게 밀려와 뜨거워지고 파도에 부서지던 곳, 정년을 생각할 때마다 그 겨울 바다를 생각한다.

(2023. 12. 08)

「Morning Calm」

칼루아(Kahlua) 한 잔을 놓고

오래된 생각을 애무한다

사랑하는 사람이

파도 집을 헤집고 걸어 나오면

밀물과 썰물은

기억의 배경이 되고

우연이 필연이었으면

좋을 것 같은

Morning Calm

찻잔 속의 만조

(박갑성, '풍경소리', 예미(2018), p39)

# #203

　잠든 아내와 굳게 닫힌 아이들의 방문을 보면서 헐거움으로 뒤섞인 시간을 생각한다. 어지럽게 쌓인 식기와 아내의 노동으로 남겨진 시간이 꿈틀댄다.

　산다는 건 뭘까? 속 시원하게 증명하지 못했던 대답, 머뭇거리며 차마 건네지 못했던 말은 겨울 창가에 가볍게 내려 쌓이고, 난잡(亂雜)한 시간을 겨울밤은 은밀하면서도 고요하게 덮어주고 있다.

(2023. 12. 10)

# #201

퇴직연금(DC) 적립금 운용 방법 문의를 위해 은행을 다녀왔다. 오래전부터 거래를 해온 지점이라 담당 팀장이 친절하게 대해주었다. 업무 외에 서로의 취미와 건강 관심사에 대해서 많은 이야기를 나누었던 것 같다. 작년에 몸이 좋지 않아서 수술을 받고 많이 힘들었는데, 건강이 회복되어 최근에는 걷기 운동을 꾸준히 한다면서 행복하게 웃는다.

저는 내년 상반기 정년퇴직입니다. 그래서 산티아고 순례길을 계획하고 매주 산행하고 있는데, 쉽지가 않습니다. 이제부터 타인과 비교하는 삶이 아니라 자기 삶에 집중하면서 최대한 불필요한 고민 같은 것은 하지 않으려 애쓴다고 말했다.

집으로 가는 길, 덕수궁 돌담길을 걸었다. 비에 젖은 나뭇잎이 길바닥에 껌딱지처럼 달라붙어 있다. 지금의 내 모습을 너무나 닮아 있어서 한참을 웃었다.

(2023. 12. 12)

# #200

어디로 갈까? 살다 보면 목적지를 잊고 무작정 길을 나서는 일이 종종 있다. 청춘을 뜨겁게 살아냈던 땀내와 낡은 기억들, 한때는 너무나 아파서 버리고 싶었던 그 길을 따라 명동 뒷골목 술집에 앉아 있다.

2006년 2월 1일이었다. 서울로 발령을 받고 이방인 같은 삶은 그렇게 시작되었다. 소주를 마시며 허공을 겉돌던 말과 가벼움을 새벽까지 잡고 있었던 합정동 사택 골목길 포차, 어떤 이슈를 붙들고 몇 날 며칠을 전전긍긍하며 보냈던 불면의 시간, 밤늦도록 술을 마시고 술에 취해서 휘청거리며 걸었던 명동, 감당할 수 없었던 생의 물음을 안고 거닐었던 성북동 길상사, 시 한 줄을 잡고서 시인처럼 흉내 내던 파주출판단지, 북한산 둘레길에 흐드러지게 핀 들꽃과 작은 카페, 그리고 고마운 사람들.

모아 쥔 두 손에 모래알처럼 슬픔, 분노, 절망, 미

움, 후회, 고독, 경쟁, 그리움, 사랑, 열정, 감사, 행복,
연민, 언어의 독백이 손가락 사이로 빠져나간다. 타
인(他人)의 욕망을 욕망하면서 보냈던 시간이 얼마나
많았던가.

　삶이란 매 순간 둘 중 한쪽을 선택해야만 했고, 불
나방처럼 불빛 속에 내 몸을 던졌던 시간이 얼마나
많았던가, 그래서 힘들었다. 헝클어진 기억 너머로
바람이 불고, 눈이 내리고, 얼어붙은 겨울 강에 돌멩
이를 던지자, 메아리만 쩡쩡 울린다.

살아온 삶의 궤적을 돌이켜보면 성공한 삶은 아니었으나 그래도 타인에게 기웃거리지 않고 살아왔으니 남은 삶에 파이(π)만큼을 곱해주면, 남은 삶도 별처럼 빛나서 인생길 어디쯤 닿지 않을까 싶다.

(2023. 12. 13)

휴가를 끝내고 일주일 만에 출근했다. 산더미처럼 쌓여 있는 메일을 확인하고, 우선순위를 정해서 답글을 보내느라 온종일 시간을 보냈다. 잔뜩 찌푸린 날씨, 비가 내린다. 겨울 날씨답지 않게 포근하다. 이상 기온으로 계절도 미친 걸까? 이놈의 세상은 적당히 미치지 않고서는 살아갈 수 없듯이 자연도 매한가지다. 우린 싫든 좋든 간에 적당히 미쳐야 한다. 행복한 미침은 좋은 거다. (2023. 12. 14)

# #195

    아침 일찍 버스를 기다리는데, 강추위에 손발이 시리다. 전광판에 버스 도착 시간 오 분을 알리고 있다. 이럴 때 시간은 느리게 간다.

    조직개편과 인사이동이 시작되면서 사무실 분위기가 어수선하다. 서랍장과 책상 아래 빼곡히 쌓여 있는 물품을 정리하다가 사진과 명함에 쌓인 먼지와 빛바랜 추억을 생각할 때마다 미소가 지어진다. 인사이동 때마다 버려지는 것들이 왜 이렇게도 많은지. 많은 것을 소유하고 살아가면서도 늘 부족함을 느낀다. (2023. 12. 18)

# #194

　연일 계속되는 강추위, 누군가의 새벽 창문 틈으로
새어 나오는 불빛이 차갑게 느껴질 때가 있다. 이럴
때 삶은 고통처럼 찾아온다. 성냥갑 속에 성냥개비처
럼 살아가는 도시인들의 생이 한강에 투영되어 꿈을
꾼다. 주위를 맴돌며 쫓는 생이 아니라 언젠가는 빛
날 때가 있다는 것을 저 강은 알고 있으리라. 그래서
꿈은 강 속으로 사라지는 것이 아니라 흐르고 있는
것이다. (2023. 12. 19)

세종문화회관 지하 중국식당에서 점심으로 짜장면과 탕수육을 먹었다. 을지로 롯데 본점에서 와인과 안주를 사고, 덕수궁 돌담길을 걸어서 집으로 왔다. 며칠 전 한파로 매섭던 날씨도 풀리고 길에 쌓인 눈이 녹아서 질퍽질퍽하다. 크리스마스이브, 사람들의 발걸음에서 아쉬운 감정이 묻어 나온다. 저녁에 가족과 포트와인을 한잔하면서 얼마 남지 않은 한 해의 아쉬운 마음을 위로했다. (2023. 12. 24)

한 해가 저문다. 모래성 같은 삶에도 익숙해져야 할 나이. 머리 곁에는 약봉지가 쌓이고, 병원 문턱을 넘는 날들이 많아진다. 내가 내 마음을 들여다보는 사이 너무 멀리 와 있음을 느낄 때, 감당할 수 없는 공허함이 밀려온다. 지금 필요한 것은 우리가 진심으로 사랑했던 1초(찰나)를 생각하는 일이다.

생각,

생각은 무엇일까? 글쎄. 한번 생각해 볼까? 생각은 조용히 타고 날아갈 수 있는 나만의 종이비행기가 아닐까? 생각에 잠기면 세상 끝까지도 갈 수 있으니까? 생각은 엉켜버린 실뭉치 같은 게 아닐까? 답은 없고 질문만 풀려 나오는 답답함.

왜 그렇게도 애썼을까? 나의 천적(天敵)은 나였다는 사실을 부끄럽지만 이쯤에서 고백해야겠다. 눈이 내린다. 첫눈이다. 아이들이 눈사람을 만들며 깔깔대고 있다. 참 따뜻한 눈사람 같다. 몇몇 아이들은 가로등 아래에서 눈을 털고 있다. 나는 어디로 가서 중년의 답답함을 털어야 할까? 어디에서 삶의 독백을 풀어놓을까?

창문 너머 쏟아지는 첫눈, 윤동주 시인의 '하늘과 바람과 별과 시' 시집 54쪽에도 하얀 눈이 가득히 내려 쌓인다. (2023. 12. 26)

「편지」

누나!

이 겨울에도

눈이 가득히 왔습니다

흰 봉투에

눈을 한 줌 넣고

글씨도 쓰지 말고

우표도 붙이지 말고

말쑥하게 그대로

편지를 부칠까요?

누나 가신 나라엔

눈이 아니 온다기에.

(윤동주, '하늘과 바람과 별과 시', 푸른책들(2019), p54)

# #182

새해를 맞이하는 소망의 메시지가 하루 종일 잠든 휴대전화를 깨운다. 늦은 밤 광화문광장에 나왔다. 수많은 사람들이 썰물과 밀물처럼 출렁이며 흘러간다. 한 해를 마감하는 일이란 저렇게도 애틋한 것일까?

보신각에서 열리는 제야의 종, 타종 행사에 참석했다. 수많은 인파에 밀려 먼발치에서 보신각 종은 보지도 못하고 앞사람의 뒤통수만 쳐다봤다. 어렴풋이 들려오는 타종 소리에 새해의 소망은 잊고 휴대전화로 야경만 찍었다. 마음속에 담지도 건네지도 못했던 새해의 소망은 무엇이었을까? 그냥 마음 깊은 곳에 묻어두기로 했다.

어제 내린 눈으로 길은 미끄럽고 찬바람에 온몸이 얼어붙는다. Happy New Year. (2023. 12. 31)

　새해 첫날, 일출을 보려고 안산에 올랐다. 며칠 전 내린 눈이 얼어붙어서 빙판길이다. 벌써 많은 사람들이 새해맞이 일출을 보려고 등산로를 꽉 메우고 있다. 더 이상 정상에 오를 수가 없어서 중턱에 자리를 잡았다.

　일곱 시 오십 분쯤 L타워와 N타워 사이로 붉은 해가 머리를 내밀며 솟아올랐다. 장관이다. 저렇게 붉을 수 있을까? 푸른 용의 해, 갑진년(甲辰年) 새해에는 가족의 건강과 서로 다른 견해를 이해하고 존중하면서 정년퇴직의 무탈(無頉)을 기원한다. (2024. 01. 01)

새해 첫 출근, 복 많이 받으세요.

올해가 직장에서 보내는 마지막 해라서 괜스레 마음이 설렌다. 버스 창가에 기대어 스쳐 가는 풍경들을 가만히 보고 있으면, 왠지 낯설게만 느껴지는 것은 무엇 때문일까? 직장생활 내내 부서지기 쉬운 부서지기도 했을 마음을 헤아려본다.

이젠 정년퇴직이 백팔십 일 남았다.

장자의 소요유(逍遙遊)를 생각하는 새해 아침이다.

(2024. 01. 02)

불금이다. 설레고 흥분된다. 그래서 마음이 한결 홀가분하다. 비염 치료 때문에 두 시간 먼저 퇴근했다. 벌써 도로는 자동차로 북새통이다. 명동의 이비인후과에서 치료를 받았다. 많이 좋아졌지만, 콧물이 나오고 코 안이 헐어서 힘들다.

아직 퇴근하지 않은 아내를 위해 설거지와 밥솥에 밥을 지어놓고 TV로 바둑을 시청했다. 프로 기사들이 몇 수 앞을 내다보고 바둑돌을 한 수 한 수 놓을 때마다 저게 가능할까 싶다.

삶이란 예측이 불가능하고 한 치 앞도 내다볼 수 없다. 그래서 매 순간 불안한 상태로 살아갈 수밖에 없는 일이다. 찰나(刹那)에 집중하자. (2024. 01. 05)

# #175

어젯밤 눈이 내려 나뭇가지마다 하얀 외투를 걸쳤다. 아침 일찍 유튜브에서 영상을 시청했다. 노르웨이가 낳은 위대한 바이올리니스트 올레 불의 영상이 있는데, 파리에서 콘서트를 열던 중 바이올린 현 하나가 끊어지는 돌발 사고가 발생했다. 그러나 불은 당황하지 않고 남은 연주를 훌륭하게 마쳤고 청중은 열광했다. 이를 두고 신학자 해리 에머슨 포스딕이 말했다. 현 하나가 끊어지면 나머지 세 현으로 연주를 마치는 것, 그것이 인생이다.

정말 멋진 삶의 통찰력이라 생각했다.

안정된 직장생활이 행복을 이루는 전제 조건이라는 사고방식을 나는 언제부터 가졌던 것일까? 정년이 다가오면서 매월 통장에 꼬박꼬박 입금되던 월급이 들어오지 않는다면 삶의 결핍들을 어떻게 받아들일 수 있을까? 아직 일어나지 않은 일을 붙잡고 걱정하는 내가 우습다.

So, we'll go no more a roving. (이제는 더 이상 헤매지 말자.)

걱정으로부터 자유로워지는 방법은 없을까? 과거와 미래를 고민하지 않고 현재를 충실하게 사는 일이 중요하다. (2024. 01. 07)

해마다 겨울이 되면 배가 아파서 고통을 많이 느낀다. 머리맡에는 약국에서 받은 위산과다증 약, 위장운동 촉진제, 그리고 진통제가 쌓이고, 의학의 힘으로 버티고 있는 생이 나뭇잎처럼 바스락거린다. 나이 들면 운명처럼 받아들일 수밖에 없다. 몸의 부위가 하나둘 고장 나는 주기가 빨라지고 심해지는 것 같다. 저녁에 아내가 만들어준 죽과 약을 먹고 이른 시간에 침대에 누웠다. 많은 생각으로 뒤척인다. (2024. 01. 11)

상봉역에서 경춘선을 탔다. 배낭을 짊어진 다양한 연령층의 사람들로 지하철이 북적인다. 도시를 벗어나자 느린 시간 속으로 풍경이 묻힌다. 마치 살아온 유년의 기억처럼 응축되어 낡은 서랍 속으로 자꾸만 숨어든다.

제각기 목적지를 향해 가는 사람들의 얼굴에는 행복한 미소가 강물처럼 흐른다. 옹기종기 모여 있는 마을이 지나가고 산골짜기와 지붕 위에 하얀 눈이 내려 수북이 쌓였다.

두 시간 삼십 분 만에 강촌역에 도착했다. 북한강을 따라 길은 잘 정돈되어 걷기에 불편함이 없다. 바람 한 점 없는 포근한 겨울 날씨, 강은 잔잔했고 겨울나무는 동면에 들어간 지 오래다.

북한강 서면 박사로 피자래빗에서 항아리 누룽지, 해산물 파스타, 고르곤졸라 피자와 와인으로 점심을 먹었다. 파스타는 해산물 국물이 얼큰했고 피자는 담백하면서도 고소했다. 창문 너머 북한강이 병풍처럼 펼쳐진다. 맛과 자연이 조화롭게 어우러져 환상적이다.

겨울 철새가 수면을 박차고 오르자 놀란 강이 파문을 일으키며 강둑까지 밀려든다. 맑고 고요한 북한강에 투영된 나무 그림자에도 뼈가 있다는 것을 처음으로 알았다. 카페 카르페에서 아포가토를 먹으면서 잔잔한 호수에 일몰이 내려앉은 풍경을 바라보고 있다. 하루의 고단함이 흐릿하게 유리창에 밀려든다.

(2024. 01. 13)

# #166

선배! 이제 직장생활도 얼마 남지 않았네요.

아침에 커피를 마시면서 후배가 건넨 말이다. 그러고 보니 얼마 남지 않았다. 오랜 시간 직장생활에 전부를 걸었고, 새장 속 새처럼 살았다. 타성(惰性)에서 벗어날 수 있을까?

어쩌면 혼자서는 푸른 하늘을 날 수 없을 것 같은 생각으로 웃었다. 일, 친구, 가정, 건강, 영혼(나). 어떻게 균형을 유지할 수 있을 것인가? 여전히 어려운 문제다. 새장 속에 갇힌 새처럼 모조품 같은 삶은 살지 말라고, 그 후배에게 말해주었지만, 왠지 자신이 없어진다. (2024. 01. 16)

오래전에 황동규의 책에서 읽은 내용이다.

"여행은 일종의 가출이다. 새로운 세계와 부딪치려는 일이 그렇고 우리의 살과 부딪친 어떤 긴장이고, 그 긴장 속에 팽팽해진 우리의 삶일 뿐이다. 며칠 지나면 혼자서 지친 마음이 막차에서 내려 그대 집 문을 두드릴 것이다." (황동규, '겨울 노래')

생각을 한번 해볼까? 여행은 자신과 마주하는 독백이라 생각한다. 그 길에는 늘 설렘과 두려움이 공존한다. 나는 나를 버릴까 봐 두려웠고, 나는 나를 놓치지 않으려고 그 무언가에 집착하며 살아왔다.

집착.

주말이라 조금은 이른 시간에 사무실을 나왔다. 벌써 도로는 자동차로 북적인다. 저녁 어스름 불빛,

바람 소리, 그리움, 아쉬움, 슬픔, 소멸, 애매한 연민
이 겨울 차창에 쌓인다.

광화문광장 사랑의 온도탑에 나눔의 온도가 103.8
도를 가리키고 있다. 따뜻해져라 따뜻해져라.

(2024. 01. 19)

매서운 영하의 날씨, 눈까지 내려 아침 출근길이 걱정이다. 얼고 질퍽한 길을 사람과 자동차도 거북이 걸음을 한다. 이상기온의 영향으로 날씨는 봄과 겨울의 경계를 넘나들며 예측할 수 없다. 자연과 동물도 예측할 수 없는 겨울 날씨에 발을 동동 구르고 있다. 땅속 개구리는 잠에서 깨어나기를 반복하며 나가야 해 말아야 해, 인간이 초래한 자연 재앙의 피해자가 되어 잠을 설치며 눈을 비비고 있다.

정년이 백육십 일 남았다. 나는 어디에서 눈을 비벼야 하나! (2024. 01. 22)

　풀리지 않는 문제를 안고 뒤척인다. 모든 문제는 사람에게서 기인한다. 사람과 사람 사이에는 이해관계가 첨예하게 대립한다. 그 속에는 일정 부분 책임 회피도 존재한다. 문제를 이야기하고 대안을 제시하는 순간 그 일은 내 것이 된다. 때론 알면서도 침묵해야 하고 방관자가 될 수밖에 없는 이유이기도 하다.

(2024. 01. 24)

# #157

　사무실 서랍장을 뒤지다가 오래전에 읽었던 장석주의 '나는 문학이다' 책을 꺼내 책장을 넘긴다. 두껍고 분량이 많아서 읽기에 다소 지루함과 시간이 걸리지만, 읽다 보면 익숙한 이름과 훌륭한 문장을 만날 때마다 감동과 미소를 짓게 된다.

　이광수, 김동인, 염상섭, 김동리, 김유정, 정지용, 천상병, 마종기, 정현종, 김지하, 김사인, 박노해, 황지우, 기형도, 김훈, 그리고 신경숙.

　고등학교 일 학년 때 아버지가 단편문학 전집을 한 박스 사다 주셨는데, 시간 가는 줄 모르고 책 속에 푹 빠져서 보냈던 것 같다.

　추운 겨울밤 아궁이에 군불을 지펴놓고 이불을 턱 밑까지 덮고서 김동인의 '배따라기', 염상섭의 '표본실의 청개구리', 그리고 김유정의 '동백꽃'을 읽었던 기억이 새록새록하다. 단편문학에 나오는 작가의 이름을 떠올릴 때마다 아버지를 생각했다. 그때의 추억이 문학을 가까이하게 된 계기가 되었던 것 같다.

퇴근길 직장동료 두 명과 종로에서 막걸리를 마셨다. 정년이 얼마 남지 않은 내게 선물이라면서 낡은 SK텔레콤 노트와 만년필을 건네준다. 뜻밖에도 두 사람이 준비해 온 선물이 만년필이라는 사실에 놀랐다. 앞으로 작가의 꿈을 계속 키워가라면서 압박용으로 주는 거라고 했다. 그러면서 환하게 웃었다.

집에 와서 선물 포장지를 뜯어보니 만년필에 이름까지 새겨 놓았다. 고맙고 감동적이다. 낡고 오래된 SK텔레콤 노트를 넘기자, 말로 표현할 수 없는 감정이 복받쳐 올랐다. 삼십여 년간 직장생활을 하면서 '나'라는 존재는 어떤 모습으로 후배에게 각인되었을까? 부끄럽지 않은 직장생활을 했다고 자신 있게 말할 수 있을까?

가만히 생각해 보면 편협한 사고와 얕은 지식으로 멀리도 왔다. (2024. 01. 25)

#152

　퇴근길 사옥 가장 높은 곳에서 행복 날개 로고가
하늘로 비상(飛上)하고 있다. 행복 날개를 달고 비행
했던 시간을 잠시 생각한다. 힘들었지만, 생애에서
가장 행복했고 찬란한 시간을 비행했다고 자부한다.
차창에 기대어 행복 날개를 달고 하늘을 나는 꿈을
꾼다. (2024. 01. 30)

어제가 입춘이었다. 강원도에 대설주의보가 발령되고, 서울은 아침부터 차가운 겨울비가 내린다. 봄이 많이 놀랐겠다. 기다리는 버스는 왜 이렇게도 봄처럼 더디기만 한지.

매주 월요일은 회의로 시작해서 회의로 끝난다. 행정안전부 주관으로 재난문자 개선 테스트를 끝내고 집으로 가는 길, 진눈깨비가 겨울바람에 날린다. 많은 사람들이 발걸음을 재촉하고 있다.

서너 번의 눈비와 꽃샘추위가 지나가고 나면 곧 봄이 찾아올 것이다. 찾아오는 봄을 어떻게 맞이할 것인가? 벌써 봄이 기다려진다. (2024. 02. 05)

출근길, 광화문광장에 '실종된 송혜희 좀 찾아주세요' 현수막 앞을 자동차와 사람들이 지나간다. 처음으로 저 현수막을 봤을 때가 2006년 2월 서울 본사로 발령을 받은 을지로 2가 대로변이었던 것 같다.

아직도 현수막이 걸려 있다는 사실에 놀랍다. 오랜 시간 현수막을 걸고 전단을 나눠 주는 사람이 궁금해서 인터넷을 뒤지다가, 2020년 5월 '딸 찾아 21년 애절한 父情' 신문에 실린 박돈규 기자의 글을 접하게 되었다. 그 내용은 이러했다.

1999년 2월 13일 송혜희는 여고 2학년 때 집에 돌아오지 않아서 실종신고를 했는데 그것이 마지막이었다고 한다. 벌써 24년이 되었다. 2006년 어머니는 우울증으로 농약을 마시고 세상을 떠났고, 현수막을 걸고 전단지를 돌려야 잠을 잘 수 있다는 혜희 아버지.

"마음속으로 혜희 엄마한테도 말하곤 해요. 여보, 내가 혜희 반드시 찾아낼 거야. 당신도 좀 도와줘."

지금도 왜소한 몸으로 1톤 트럭 적재함에 현수막과 접는 사다리를 싣고서 딸 찾아 전국 방방곡곡을 누빈다고 했다.[*]

부정(父情)을 생각하니 가슴이 먹먹해지고 눈물이 그렁그렁해진다. 부모로 살아가는 책임의 한계를 설정한다면 가능할까?

내일부터 설 연휴라서 오후 두 시에 퇴근했다. 지난주 미리 고향을 다녀와서 집에서 쉬며 산행도 하고, 책도 읽으면서 글도 쓰려고 한다. 타인의 삶을 살다가 나 자신의 삶을 기웃거리는데 쉽지가 않다. 항상 타인의 삶에 중독되어 얹혀사는 느낌이다.

(2024. 02. 08)

..............................

[*] 조선일보, [아무튼, 주말] 딸 찾아 21년 애절한 父情 — 방방곡곡 '송혜희 현수막' 21년… "이걸 걸어야 잠을 잡니다"

설 연휴에 병원이 문을 열어서 아침 일찍 왔는데, 벌써 많은 환자로 북새통이다. 어떡하지, 족히 두 시간은 걸리겠다. 한 아이 때문에 병원이 소란스럽다. 초등학교 일 학년쯤 되었을까? 남자아이에게 모든 사람의 시선이 집중되고 있다. 아이의 어머니는 아이를 안아주고 달래보지만 아무런 소용이 없다.

주의력 결핍 과잉행동 장애가 있는 아이로 보인다. 아이의 어머니가 애처롭기까지 하다. 간호사가 나서서 어머니는 잠깐 쉬고 계시라며, 아이에게 말을 걸고 달래는데 감동적이다. 맡은 일에 열정적이면서 친절했고, 사람들을 대하는 태도가 올곧고 편안함을 주었다. 지금까지 여러 병원에 다녀보았지만, 오늘 만난 간호사는 내게 특별했고 지금까지 단 한 번도 경험하지 못했던 것 같다.

간호사는 대기하는 사람들에게 아이의 사정을 설

명한 다음 양해를 구하고, 대기 순번을 바꿔 먼저 진찰받을 수 있도록 배려했다. 그리고 순번을 양보해 주신 분들에게 감사하다면서 머리를 숙였다. 병원을 찾는 모든 사람이 몸이 불편한 환자들로, 진료를 빨리 끝내고 싶은 마음이 얼마나 간절하겠는가? 간호사는 병원을 방문한 사람들의 힘든 기다림의 시간과 마음을 헤아렸을 것이고, 미안한 마음을 그렇게 표현했다.

이비인후과에서 치료를 받고 나오는데, 몸은 아프고 고통스러웠지만 진한 감동과 여운으로 잠시 고통을 잊을 수 있었다. 집으로 돌아와서 조금 이른 시간에 점심을 먹고 병원에서 있었던 일을 아내에게 이야기해 주었다. 한 사람의 진심 어린 친절과 사랑이 이토록 가슴이 뜨거워지고 행복을 느낄 수 있다니 세상은 그런 사람들로 인해서 빛나고 살아갈 만한 가치가 있다고 생각한다. 간호사님께 행운과 축복이 있길.
(2024. 02. 12)

　오래전 인터넷에서 봤던 버나드 멜처의 명언이 생각났다. "용서할 때, 과거를 바꿀 수는 없지만 미래는 확실히 바꿀 수 있다."

"When you forgive you in no way change the past but you sure do change the future." [Bernard Meltzer]

　어떤 사건으로 인해서 마음의 문을 걸어 잠그고 살아온 시간이 벌써 삼십 년이 됐다. 가만히 생각해 보면 용서하지 못한 시간의 거리만큼 돌아가는 길을 찾기가 어렵다.

　김수환 추기경은 사랑이 머리에서 가슴으로 내려오는 데 칠십 년이 걸렸다고 한다. 용서도 가능한 문제인가? (2024. 02. 15)

어젯밤부터 내린 비가 이른 새벽까지 흩뿌리고 있
다. 봄비 속에 싱그러운 웃음이 봄물로 물드는 아침.
고향집 앞마당 텃밭에는 어머니가 봄을 심는다는 소
식에 참새가 빨랫줄에 앉아 응원가를 부르고 있을지
도 모른다.

부지런한 어머니 밥상에는 상추, 완두콩, 시금치,
대파, 당근, 감자, 그리고 봄배추가 자란다. 차창에
기대어 눈을 감으면 밀려오는 봄의 간지러움. 겨울
찻집에서 커피를 마시며 그토록 기다림으로 연민했
던 것은 봄이었나 보다. (2024. 02. 19)

업무 인계를 위한 준비 작업을 하느라 분주한 시간, 주요 추진 과제와 시스템 규격, 그리고 이슈 사항들을 정리하고 있다.

담당 업무가 정부와 관련된 업무라서 쉽지가 않다. 정량적으로 수치화된 업무 인계는 어렵지 않지만, 사람과의 관계 그리고 경험으로 내재한 정성적인 부분들은 전달할 방법이 없다.

얼마 남지 않은 정년을 축하한다면서 일식 식당 모슬포에 후배가 초대해 주었다. 그동안 마음속에 묻어 두었던 많은 이야기를 나누었던 것 같다. 지나고 보니 행복한 여행을 했다는 생각이 든다.

저녁을 먹고 버스를 기다리는데, 함박눈이 가로등 불빛 속으로 솜사탕처럼 쏟아져 내리며 형체도 없이 사라진다. 산다는 게 저런 게 아닐까 싶다. 봄 속에 눈을 맞고 서서 존재 이유를 묻는다. 눈처럼 녹아 사

라지는 집착과 기다림을 잡고 왜 그렇게도 흔들리며
살아가고 있는지.

 홍파동 지붕 위로 눈이 내린다. 기다림으로 눈을
털어내고 있다. (2024. 02. 21)

  아, 설국이다. 나뭇가지마다 순백의 상고대가 피어서 겨울왕국처럼 눈부시다.

  오래전에 교보문고 주관으로 가와바타 야스나리가 쓴 '설국(雪國)'의 배경이 되었던 일본 니가타현으로 인문학 기행을 다녀왔다. 눈 덮인 서울 시내 풍경을 보면서 잠시 '설국'을 생각했다.

  '설국'의 도입부에 나오는 "국경의 긴 터널을 지나니 설국이었다." 강렬하면서도 인상적이었던 문장을 아직도 잊지 못한다. 노벨문학상을 받은 것도 매우 흥미로운 일이지만, 그곳의 풍경은 매우 아름다웠고, 료칸 주인장은 매우 친절했던 것으로 기억된다.

  그때, 소설 '설국'의 배경이 되었던 니가타현에서 시를 한 편 썼는데 생각나서 옮겨본다. (2024. 02. 22)

「설국」

오랜 시간 망설였지

설국 기행이 뭐라고

그는 가고 설국은 남았지만

하얗게 지새운 칠흑 같은 밤


문학이 뭐라고

문학이 뭐 그렇게 대단한 거라고

내 안에 분인(分人)으로 동거하는 연민을 붙잡고

한참을 망설였지만

처음 출발한 곳으로부터

돌아보니 멀리도 왔구나


국경의 긴 터널을 지나 신호소에서

고마코를 찾아 설국으로 집을 짓던

그대 생각에 불면의 밤을 보내야 했지만

우리네 삶은 고독을 쫓는 따뜻한 눈사람

이틀이면 금방 눈이 여섯 자나 쌓여

전봇대 전등이 눈 속에 파묻히고

당신 생각을 하며 걷다간 전깃줄에 목이 걸려

다치기 십상이라던 그대의 말

그 누군가를 미치도록 생각하다가

전깃줄에 목이라도 걸려봤으면 좋겠다


신사를 지키고 서 있는

고목(삼나무)은 알고 있겠지

폭설을 뚫고 신을 깨우던 종소리에

나뭇가지에 쌓인 눈이 와르르 쏟아지는데

버거움에 한때는 동백처럼 툭 떨어져

사랑을 버리고 싶은 날들이 많았다는 것을


눈은 내리고

바람에 놀란 눈들이 나뭇가지에 앉지도 못하고

더러는 난분분 난분분 날리는데

그대는 떠나고

독백으로 채워지는 시간

뜨거운 물에 몸을 담그면 애잔한 설화의

풍경이 유리창에 설국으로 핀다

(박갑성, '풍경소리', 예미(2018), p98)

　겨울과 봄의 여울목, 강 하나를 건너는 일도 무수히 반짝이는 별들의 축복과 사랑이 있어야 가능했다는 사실을 정년이 다 되어서야 알았다. (2024. 02. 27)

# #122

    업무 인계를 시작했다. 연간 계획, 이슈 사항, 사회 가치 과제, 비상연락망, 연동규격서, 검증 망과 상용 망 운영계획 등 며칠간은 힘든 일상이 될 것이다. 그리고 오랜 시간 같이했던 유관 부서와 협력사 담당자에게 업무 인계와 정년 소식을 전했다. 그토록 벗어나고 싶었던 일이었는데, 왠지 아쉬움으로 다가온다. 때론 잊히는 것들이 슬플 때가 있다.

    내일이 삼일절이라서 주말을 포함하면 삼 일간의 연휴다. 퇴근길에 버스를 탔는데, 머리가 아프고 현기증이 난다. 최근에 와서 심해진 것 같다. 이번 건강 검진에 머리 CT나 찍어봐야겠다. 한강을 건너자, 밤을 밝힌 수많은 불빛이 꿈틀거린다. 제각기 다른 삶의 풍경이 한강에 봄을 깨운다. (2024. 02. 29)

봄 · 여름

업무 인계를 하다가 밖을 나왔다. 금방이라도 비가 쏟아질 것 같은 흐린 날씨다. 커피를 들고 사무실 주변을 어슬렁거렸다. 익숙했던 풍경에 몸을 맡기던 시간도 얼마 남지 않았음을 예감(豫感)한다.

늦은 오후, 이슈를 붙들고 팀 내 동료와 격한 토론을 했다. 지나고 나면 별일 아니라는 사실을 알면서도 순간의 감정이 제어되지 않는 순간이 있다. 그래서 우리는 마음이 아팠고 힘들었다.

퇴근길에 그 동료에게 메시지를 남겼다.


'오늘 있었던 일은 마음에 담아두지 마시길 바랍니다. 아무리 생각해 봐도 많이 지나쳤다는 생각이 듭니다. 시스템에 예외 처리가 가능한지 검토해서 내일 알려드리겠습니다. 시간 봐서 소주나 한잔해요.'

연동시스템에 예외 처리를 요청받을 때마다 결정이 쉽지 않다. 이유는 시스템마다 고유한 기능과 규격이 있기 때문이다. 그나마 일과 싸워서 다행이다. 이런저런 이유로 힘든 하루다. (2024.03.05)

용산역에서 목포행 기차를 타고 땅끝마을로 간다. 잿빛 같은 어둠이 아직도 대합실에 가득하다. 목적지를 향해 분주히 발걸음을 옮기는 사람들, 나뭇가지에 겨울바람이 매달린 채로 윙윙 소리 내어 우는 새벽녘.

쩡쩡한 얼음장 밑으로 흐르는 물소리, 봄이 오는 소리를 시샘하는 것만은 아닐 것이다. 차갑게 뜨겁게 살아내지 못했느냐고, 깊은 회한으로 생(生)의 답답함 같은 무딘 슬픔이 바람에 낱장처럼 날린다. 초연히 살려 할 때마다, 상처 입고 깨지고 바람에 휩쓸리던 순간이 얼마나 많았던가. 이제는 한 잎의 낙엽으로 봄날의 꽃잎처럼 좀 더 낮은 곳으로 내리고 싶다.

유리창에 파노라마처럼 밀려드는 풍경, 여행자의 행복이란 이런 게 아닐까 싶다. 목포역에 여덟 시 육 분에 도착해서 아침 식사로 맑은 해장국을 먹었다. 해남 두륜산으로 가는 길에 끝없이 펼쳐지는 평야와

햇살에 춤추는 나무, 아무런 이유 없는 미소가 푸른 바다처럼 눈부시다. 이번 여행길에 만나게 될 풍경이 조급함으로 느리게 온다.

두륜산 대흥사에 도착해서 산행을 시작했다. 사찰을 둘러싼 산맥과 산맥의 선이 참으로 곱다. 대웅전은 웅장했고, 뜨락에 핀 홍매화 향이 절간을 가득 채운다. 산행길에 만난 수령이 천백 년이나 되는 천년수, 느티나무의 위용은 대단했다. 그 아래에 서서 백 년도 살지 못하는 인간의 생을 생각하니 웃음만 나온다.

두륜봉에서 바라보는 산과 바다는 한 폭의 동양화처럼 아름다워서 넋을 잃고 오랫동안 눈을 뗄 수가

없다. 아직 바람은 차갑지만, 며칠 후면 산 전체가 연초록으로 물들 것이다. 대흥사에서 시작한 산행은 대흥사에서 마침표를 찍었다.

대흥사 앞 백 년 고택 유선관에서 하룻밤을 쉬어 가기로 했다. 해남 유선관은 백 년의 역사를 가진 최초의 숙박시설이면서 대흥사를 방문하는 스님들을 위한 공간이었다고 한다. 두륜산 도립공원 내 위치한 우리나라 최초의 여관, 백 년의 시간이 켜켜이 쌓인 한옥의 아름다움은 유네스코 세계문화유산에 등재되었다고 하니 한옥의 아름다움을 짐작하고도 남음이 있다.

문고리와 미닫이문 내부는 한옥 장식을 사용했는데, 고풍스러움과 하얀 여백의 미(美)에 흠뻑 젖는다. 한지로 도배된 하얀 침구류의 방 안, TV와 전화기는 없다. 스님들의 묵언수행(默言修行)과 단출한 수행자의 향기로움을 느낄 수 있다. 스파에서 목욕은 잊을 수 없는 추억이다.

시간이 되면 대흥사에 있는 유선관에 가보아라.

대흥사 마당에 서서 밤하늘 별을 보아라. 그러다 그러다가 펑펑 울어보아라.

아침은 숙소 카페 유선에서 커피와 빵을 먹고, 계곡의 물소리를 따라 동백, 편백, 그리고 참나무가 울창한 땅끝천년숲길을 걸었다. 숨을 크게 코로 들이마신 후 입으로 내뱉자, 배 속에 천년의 시간이 물든다.

트레킹을 끝내고 해창막걸리가 생각나서 해창주조장을 찾았다. 직원의 설명을 덧붙이면 막걸리 한 병을 만드는 데 한 달 가까이 시간이 걸리고, 발효에 사용하는 재료는 다른 감미료 없이 찹쌀과 멥쌀만을 사용한다고 한다.

시음했는데 걸쭉한 농도만큼이나 진하고 깊은 맛을 가지고 있다. 6도부터 18도까지 도수가 있어서 취향에 따라 골라 마실 수 있는데, 가격이 비싸다. 동료가 덥석 18도 해창막걸리 한 병을 십일만 원 주고 산다. 막걸리 한 병이 십일만 원이라니, 그 맛이 상상되지 않는다. 뜨락에 핀 천리향이 양조장을 향기롭게 물들이며, 막걸리 속에 발효되어 익어간다.

목포에 도착 후 조선쫄복탕 식당에서 복지리를 먹었는데, 지금껏 본 적 없는 쫄복의 맛은 담백하면서도 국물은 고소하다. 벽 전체가 온통 낙서로 가득했다. 유성펜을 들고 식당 천장에 이런 메모를 남겼다.

○○ ○○ ○○, 사는 게 빡세도 여행은 간다.

_2024. 3. 9.

식사를 끝내고 후배가 조심스럽게 말을 꺼냈다.

이번 여행은 형의 정년퇴직을 기념해서 오래전부터 계획한 거야, 그래서 일 박 이 일간의 비용은 우리가 내는 거니까 부담 안 가졌으면 좋겠어.

그러면서 18도 해창막걸리 한 병을 선물로 준다.

그래. 2025년, 2027년 후배들 정년퇴직 때는 내가 축하해 줄게, 그때까지 형이 살아 있어야 하는데.

우린 그렇게 박장대소하며 이른 봄날의 연초록처럼 웃었다. 후배들의 따뜻한 마음이 오래도록 기억에 남을 것 같다.

힘들게 했던 오랜 집착도 어디쯤에선 반드시 그칠 것을 믿는다. 부러진 가지마다 새순이 돋고, 꽃이 피고, 신록이 우거지고, 낙엽이 지고, 또 눈이 퍼붓고 곧 봄물로 물들 것이다. 눈을 감으면 꽃 피는 소리 꽃나무들 뜰을 헤매는 소리. (2024. 03. 10)

# #111

　빨랫줄에 걸린 생각, 더운 바람이 불었고 간간이
비를 뿌렸다. 선풍기 프로펠러에서 뿜어져 나오는 열
대야, 어떤 문제를 잡고서 달포를 그렇게 서성거렸
다. 이렇게 살다가 죽을 수도 있겠다는 생각이 들었
다. 따가운 시선, 바늘로 콕콕 찌르는 언어의 파편과
모래성 같은 인간관계로 한동안 벽(壁) 앞에 서 있었
다. 모든 게 사막이라고 느낄 때, 고욤나무 아래서 가
쁜 숨을 말리고 있다. (2024. 03. 11)

#110

비가 내려 땅이 촉촉하게 젖었다. 횟집에서 소주를 마시며 대화의 주제는 자연스럽게 정년퇴직과 환갑(還甲)이 화두였다. 팀에서 생일날 환갑 축하를 해주겠다는 말에 놀라서 내키지 않는다고 말했는데, 이벤트를 준비하고 있으니, 참석만 했으면 좋겠단다.

벌써 내 나이 육십이라니 도대체 내가 무슨 짓을 한 거야? 실감 나지 않는다. (2024. 03. 12)

어제 먹은 술 때문이었는지 피곤하다. 오후가 되자 졸음이 쏟아진다. 오늘 밤에도 술 약속이 있다는 게 문제다. 정년퇴직이 다가오면서 직장동료와 술자리가 빈번해지는데, 생각해 주는 마음은 고맙지만, 몸이 힘들다.

이 또한 과분한 고민이 아닐까 싶다.

조개구이 집에서 후배 두 명과 술을 마셨다. 업무를 수행하면서 많은 도움을 받았고, 정년까지 올 수 있었던 것은 후배의 힘이 컸다며 고마운 마음을 전했다.

직장생활 삼십 년의 시간이 주마등처럼 지나간다. 믿기지 않는 시간의 강을 건너, 여기까지 왔다.

(2024. 03. 13)

정년도 백여 일 남았다. 지난 시간을 생각하니 꿈을 꾼 것만 같다. 사무실과 엘리베이터에서 만나는 사람마다, 정년이 얼마 남지 않았죠! 축하합니다. 시간 되면 식사나 같이해요.

이럴 때마다 직장생활에서 보낸 시간이 어땠는지를 회상하곤 한다.

성공과 행복의 정의도 사람마다 기준이 다를 수 있다. 입사했을 때 가졌던 초심을 정년까지 잊지 않으려고 부단히 애썼다. 비록 회사 명함(名銜)은 초라하지만, 성공한 삶을 살았다고 자신 있게 말할 수 있다.

(2024. 03. 15)

# #105

며칠 전부터 휴가를 보내기 위해 회사 콘도를 예약하고, 책장에서 김훈의 '칼의 노래'와 우에무라 나오미의 '안나여 저게 코츠뷰의 불빛이다' 두 권의 책을 배낭 깊숙이 밀어 넣었다. 토요일 새벽 비가 추적추적 내린다. 자동차를 몰고 라디오 볼륨을 최대한 올려 지오디의 '길'이란 노래를 흥얼거리며 목적지를 향해 달린다.

"나는 왜 이 길에 서 있나 이게 정말 나의 길인가 이 길의 끝에서 내 꿈은 이뤄질까 (…) 나는 무엇을 꿈꾸는가 그건 누굴 위한 꿈일까"

노랫말처럼 평생 질문하고 살아왔던 거구나. 이 길이 괜찮은 게 아니라 그냥 아등바등 버티면서 살아왔던 거구나. 내리던 비도 경기도 평택을 지나자 그치고, 구름 사이로 태양이 얼굴을 내민다. 휴가철이라 도로는 막혔지만, 열두 시 이십 분쯤 고향집 마당에 닿았다.

코가 땅바닥에 닿을 듯 말 듯한, 등이 굽은 어머니가 아들을 맞는다. 참을 수 없는 존재의 가벼움 같은 것들을 느낀다. 어머니가 챙겨준 따뜻한 밥 한 그릇과 김치 하나로 점심을 맛있게 먹었다. 어머니는 아들의 얼굴에서 눈을 떼지 못하고 반찬이 없다며 미안해했지만, 세상에서 가장 고급스럽고 행복한 밥상을 받았다고 생각한다. 저녁에는 바닷가 식당에서 어머니는 전복죽을 드셨고, 나는 전복물회를 먹었다. 어머니 천천히 많이 드세요.

오래전에 읽었지만, 아직도 기억 속에 감동으로 남아 있는, 실화를 바탕으로 쓴 왕일민의 '어머니와 함께한 900일간의 소풍', 책 속의 주인공을 잠시 생각했다. 서장(티베트)에 가고 싶다는, 세상 구경이 소원인 어머니를 위해 직접 제작한 수레(세발자전거)에 어머니를 태우고, 페달을 밟으며 타허에서 하이난까지

3만 킬로미터 먼 거리를 99세의 어머니와 74세 아들
이 떠나는 아름다운 소풍 이야기다.

> 아비야!
> 쉬엄쉬엄 가자.
> 세상에 바쁠 것 없는데.
> 어머니는 늘 그랬다.

> 아비야.
> 세상 구경 참 좋았다.
> 너와 세상 구경하는 동안이
> 내 인생에서 가장 행복했던 순간이다.
> 기쁘게 눈 감을 수 있을 것 같다.
>
> (왕일민·유현민, '어머니와 함께한 900일간의 소풍',
> 랜덤하우스코리아(2007), p33, 187)

900일간의 여행을 마치고 어머니는 102세에 돌아
가셨다. 어머니의 소원대로 서장까지는 가지 못했지

만, 어머니의 유언에 따라 유해를 서장에 뿌렸다. 이 이야기는 중국 전역을 울린 실화다.

지나오는 길에 외갓집에 잠시 들렀는데, 외할머니는 세상을 떠난 지 벌써 삼십 년이 되었다. 외삼촌이 집을 처분하고 울산으로 이사 가면서 지금은 외지인이 살고 있다. 잠긴 대문 틈 사이로 집 안을 들여다보는데, 금방이라도 외할머니가 맨발로 뛰어나올 것만 같다.

초등학교 시절, 외할머니를 부르며 대문을 열고 들어서면, 신발을 벗은 채로 마당까지 내려와서 꼭 안아주었던 기억. 마당에는 빨간 고추가 말라가고 푸른 하늘에는 잠자리가 수평을 잡던 곳. 좋았던 기억 때문에 눈시울이 붉어진다.

어머니와 하룻밤을 보내고 휴가지로 떠나기 위해 고향집 마당을 나서자, 등이 굽은 어머니는 대문 밖까지 나와 운전 조심해서 가라며 연신 당부한다. 자동차는 벌써 마을을 한참이나 벗어났는데도 대문 밖에서 아들의 뒷모습을 지켜보고 있다. (2024. 03. 17)

# #102

    잿빛 같은 어둠이 물안개처럼 자욱한 새벽녘, 드문 드문 불빛이 새어 나오는 아파트 창문을 가만히 쳐다 보면 삶의 따뜻한 온기가 느껴진다. 오늘이 양력 생 일이다. 팀원들이 환갑(還甲) 잔치를 해주겠다며 식당 을 예약하고, 갈비탕과 케이크를 준비해서 조촐하게 축하의 자리를 마련해 주었다. 이러다가 일 년 사이 에 나이를 두 살(음력, 양력)이나 먹겠다. 팀에서 환갑 떡을 준비해서 주변 팀에 돌렸는데, 카톡으로 다량의 축하 문자 메시지를 받았다. 이런 자리를 준비하고 축하해 준 팀원들과 축하 메시지를 보내준 동료에게 감사드린다. (2024. 03. 20)

용산역에서 경의중앙선을 탔다. 주말이면 많은 사
람들로 붐볐을 기차도, 평일이라서 그런지 드문드문
빈자리가 있다. 이방인처럼 시선은 창밖에 머물고,
낯선 풍경이 숨바꼭질한다.

운길산역에 내려 산행을 시작했다. 농가를 지나
자, 급경사 오르막길이 운길산 정상까지 이어진다.
숨이 목에 걸려서 죽을 맛이다. 기상청 예보에 따르
면 오후부터 비가 내린다고 했다. 그래서인지 잔뜩
찌푸린 날씨로 운길산 정상에서 바라본 시야는 흐렸
지만, 저 멀리 구리시가 보이고 남한강과 북한강이
만나는 두물머리가 한눈에 들어온다.

내려오는 길에 수종사에 잠시 들렀다. 스님의 독
경(讀經) 소리가 절 처마 끝에 매달린 풍경을 흔들고,
나뭇가지마다 불경으로 깃든다. 살면서 마음이 하나
인 듯 둘인 듯 버거울 때 수종사 대웅전 마당에 서면

두물머리 강물처럼 마음도 하나 되어 바다에 닿지 않을까 싶다.

　산행을 끝내고 팔당역으로 가는 길, 돌미나리 집에 앉아서 지평막걸리에 묵무침과 미나리전, 묵사발을 먹었다. 돌미나리는 기본으로 제공되는데, 초장에 찍어서 삼키자, 미나리 향에 웃음이 나온다. 바로 이 맛이야, 이런 이유로 길 위에 서는 것일 것이다. 고즈넉한 한옥 카페 고당에서 커피를 마시고, 팔당역에 다다르자 한두 방울 비가 내린다. (2024. 03. 22)

인왕산에 산수유가 곱게 피었다. 가던 길을 멈추고 꽃을 만지자, 소녀처럼 수줍게 웃는다. 멀리서 산수유처럼 오고 있을 그대가 그립다. (2024.03.23)

「어느 봄날」

산다는 건 이런 걸까 숨 막히는 세상 좁은 문을 향한 몸부림의 날들을 무너지지 않으려고 애썼던 빨랫줄에 걸린 언어의 무딘 감각을 마비를 봄이 오는 길 위에 서면 모든 것들이 눈부시다

행복(幸福)이란 이런 걸까 바람에 흔들리는 아름다운 빛깔을 새순의 저 부드러운 속살을 시인(詩人)의 말은 인왕산 산수유 수줍음에 묻혀 조금은 부끄러운 어느 봄날에 봄꽃으로 피어도 좋을 것 같다 ('24. 3. 인왕산에서)

정년이 백 일도 채 남지 않았다. 누군가는 정년 후에도 계속 일을 해야 한다고 말한다. 지금까지 누려왔던 높은 연봉, 최고 수준의 복지와 안정적인 삶을 생각하면, 쉽지 않은 문제다.

언젠가는 직장생활의 굴레에서 벗어날 수밖에 없는 일이라면 이쯤에서 쉼표도 괜찮지 않을까 싶다. 나이가 들수록 내려놓는 일이 쉽지 않을 것 같다.

지금부터 가난해지는 연습을 하자. SNS를 제한하고, 현재를 살며, 현명하게 소비하자. 그리고 비교하는 삶을 내려놓자.

봄비가 내린다. 연초록 같은 봄을 만지작거린다.

(2024. 03. 25)

# #96

　무수한 생명이 잠에서 깨어나는 새벽녘, 우산을 받쳐 들고 헤드폰으로 이은미의 '알바트로스' 노래를 흥얼거리며, 국가인권위원회 앞 버스정류장에 서 있다. 목적지를 향해 분주히 발걸음을 옮기는 사람들, 버스가 새벽을 밀고 간다. 매일 반복되는 일상인데도 정년을 생각하면, 벌거벗은 감정을 느낀다. 시간이 지나고 나면, 이런 풍경도 생각나고 가끔은 그리울 것이다.

　익숙했던 것과의 결별이 다가오면서 공허한 마음에 바람이 불고, 가시나무에 찔린 것처럼 심한 통증을 느낀다. 비워지는 시간이 이렇게도 시리고 공허할 줄을 몰랐다.

　비워지고, 잊혀지는 시간을 사랑하자.

　그토록 애간장을 태우던 캄캄한 밤들을 사랑하자.

　가벼운 존재의 연민 같은 것들을 사랑하자.

내려놓을 수밖에 없는 시간을 사랑하자.

그리고 보이지 않는 곳에서 애쓰는 너의 들숨과 날

숨을 사랑하자. (2024. 03. 26)

창사 사십 주년 타운홀미팅이 수펙스홀(Supex Hall)에서 있었다. SK텔레콤 사십 년의 역사, 미래를 향한 변화, 그리고 혁신 과제를 사무실에서 생중계로 지켜봤다. 그러고 보니 SK텔레콤에 입사한 지 벌써 삼십이 년이 되었다. 청춘을 이곳에서 보낸 셈이다. 은은한 광기처럼 느껴진다.

길가에 자주색과 하얀 목련이 꽃망울을 터트렸다. 가만히 쳐다보고 있으면, 비릿비릿한 생의 흔적이 자꾸만 묻어 나온다. 며칠 후면 목련이 낱장처럼 바람에 떨어질 것이다. 남은 삶은 필 때는 목련으로, 질 때는 한순간에 목을 꺾는 동백이었으면 좋겠다.

(2024. 03. 27)

# #93

　주말을 이용해서 이 박 삼 일 일정으로 부산, 해운대에 왔다. 길 위에 앞서간 사람들의 이야기와 오래된 풍경을 만나고 싶었다. 행운이 따라준다면 누군가 모래밭에 써놓고 간, 사랑의 불시착도 만날 수 있으리라.

　해운대 조선비치호텔 파노라마 라운지에서 칵테일 헨드릭스 토닉(Hendrick's Tonic)을 마시면서, 손디아(sondia) 님의 '어른'이란 노랫말을 흥얼거렸다.

　그러다가 니코스 카잔차키스 장편소설 '그리스인 조르바'를 생각했다. 조르바는 노년에 힘겨운 몸을 누구에게도 의지하지 않고, 침대에서 일어나 창틀에 손톱을 박고 서서 죽음을 맞이한다. 언젠가는 죽음이 찾아오고, 죽음을 생각할 때마다 조르바처럼 죽을 수 있다면 행복할 것 같다. (2024. 03. 29)

「첫사랑」

동백섬 등대에 써놓고 간

사랑의 말 잊지 못해

봄 바다에 가서

너의 기억을 불러내고 싶었다

꾹꾹 눌러댄 감정

연초록 같은 떨림을

차마 내뱉을 수 없어서 돌아서는 길

바람에

동백꽃이 툭 떨어진다

('22. 3. 동백섬)

# #90

　며칠간 미세먼지로 힘들었던 날씨도 오늘 아침은 깨끗해서 호흡하기가 한결 편안하다. 공통 과제 문제점 발췌를 위해서 시스템 담당자가 한 자리에 모였는데, 모두 자기 이야기만 하다 보니 토론이 쉽지 않다.

　저녁에는 후배가 저녁을 같이하자고 연락이 왔다. 술을 마시면서 AI와 정년에 대해서 많은 이야기를 나누었다. 버스를 타고 한강을 건너는데, 저녁 불빛이 아름답게 빛난다. 불빛 속에 감춰진 삶의 고단함이 한강에 투영되고 있다. (2024. 04. 01)

꽃이 피어나는 봄이다. 다양한 종류의 꽃을 보면, 사람들의 마음속에는 제각기 좋아하는 꽃이 있고, 색깔이 있다는 것을 알게 된다. 우연한 기회에 미셸 파스투로, 도미니크 시모네가 쓴 '색의 인문학' 책을 구입해서 읽게 되었는데, 내가 좋아하는 색의 정의가 궁금해졌다.

오래전에 청산도를 여행하면서 바닷가 언덕 전체를 노랑으로 물들이던, 유채꽃에 푹 빠져서 노란색을 좋아하게 되었다. 책에서 노랑은 온갖 오명을 다 뒤집어쓴 색으로 되어 있어서, 배꼽 빠지도록 웃었다. 이번 기회에 다른 색으로 바꿔야 하나.

책을 통해서 만난 색의 변화는 평소 알고 있었던 고정관념을 깨뜨리는 결과물이라서 놀랍기도 했다. 어떤 색을 좋아하고, 어떤 색을 선택하든 제각기 자유지만, 색은 그 자체로 바라보고 수용하는 것이 좋을 것 같다.

청산도의 유채꽃과 청보리 둘 중 하나를 선택해야 한다면, 예쁜 꽃은 유채꽃, 좋아하는 색은 청보리를 선택해야겠다.

'색의 인문학'을 읽고서 소감을 밴드(BAND)에 남겼는데, 달린 댓글 중에 색을 표현하는 방법이 흥미로워서 덧붙인다. (2024. 04. 03)

"노랑은 누렇게 떴고
빨강은 벌겋게 열받았고
파랑은 퍼렇게 질렸고
초록은 푸르뎅뎅 멍들었고
분홍은 부끄러워서 어찌할지 모르고
흑백이 제일 무난하다.
그래서 난 옷들이 흑백투성이라서
색깔에 물들지 않고
깨끗이 살다 가려고 한다."

　살아가면서, 어떤 사람을 만나는가에 따라 성격과 태도가 달라지는 것 같다. 긍정적인 사람을 만나면 긍정적으로 바뀌고, 부정적인 사람을 만나면 부정적으로 바뀌게 된다. 행복과 불행 또한 만나는 사람에 따라 달라진다. 직장생활을 하면서 최대한 긍정적인 사람을 만나려고 애썼다. 그래야 행복했고, 늘 부족한 나를 성찰하는 계기가 되었다. (2024. 04. 04)

오래된 기억을 덧그리며 파주 출판단지 지혜의 숲에 앉아 있다.

2020년 사월이었던 것 같다. 회사에서 오월 가정의 달을 맞이하여 사보에 실을 글을 한 편 써달라는 연락을 받고 한참을 망설였다. 그 이유는 아픈 과거와 상처를 건드리는 일이기도 했지만, 딸의 이야기라서 조심스러웠다. 그리고 파주 출판단지 지혜의 숲에서 글을 써서 보냈고 오월 사보에 실렸다. 아버지와 딸아이에 관한 글이고 우리들의 이야기라 생각되어 소개한다.

「그_부모로 산다는 것」

봄비가 내리는 어느 날 파주 출판단지 지혜의 숲에 앉아 있다. 창문 너머 연초록으로 물든 새싹이 바람에 흔들리고, 수양버들 팝핀댄스에 몰입하다 보면 심한 현기증을 느낀다. 가만히 생각해 보면 삶이란 현기증 나는 일이다. 감당할 수 없는 버거움과 그리움의 부재를 안고 살아가고 있는 것.

가끔씩 아버지를 생각할 때마다 가난과 고독의 늪 같은 것이 떠오른다. 술에 취해서 집으로 돌아오는 날이 많았고, 호주머니는 텅 비어 바람이 넘나들며 먼지만 날렸다. 아버지는 내 나이 서른에 돌아가셨다. 그때까지 나는 미혼이었고 기약할 미래가 없어 꽉 막힌 두려움과 이대로 끝나버릴 것 같은 현기증으로 삼십 대를 살았던 것 같다.

시간이 지난 어느 날 아버지의 유품을 정리하다가 낡은 재킷 호주머니에 들어 있는 구깃구깃한 만 원짜리 지폐 한 장을 발견하고 한참을 서럽게 울었던 기억이 새록새록하다. 오랜 시간 지폐를 가슴에 품고 다녔는데 지갑을 분실하면서 그리움도 잊혀갔지만 해마다 오월이 되면 아버지로 살아가면서 오래된 기억 하나를 떠올린다.

사춘기와 맞닥뜨린 딸아이의 오랜 방황은 온 가족을

힘들게 했고, 아내는 걱정과 눈물로 보내는 날이 많았다. 방문을 잠그고 나오지 않는다며 방문 손잡이를 뜯어낸 아내, 주먹만 한 구멍이 뻥 뚫린 방 안에서 버티고 있는 딸아이, 아버지로 살면서 따뜻한 위로의 말보다는 분노와 감정이 앞서는 날이 많았다.

뻥 뚫린 방문 손잡이 구멍으로,

"방 안에서 뭐 해!"

"아빠도 싫어!"

이불을 뒤집어쓰고 펑펑 울던 사춘기의 딸아이 한바탕 전쟁을 치를 때마다 그리움 속에서 아버지를 만나 삶의 지혜를 구했지만 감정이입에 한계를 느꼈던 것 같다. 그렇게 몇 번의 오월이 지나고 바람에 벚꽃이 눈송이처럼 날리던 날에 딸아이가 봉투 하나를 건네준다.

"이게 뭐야?"

"그냥…."

조용히 방문을 닫고 나가는 딸아이 봉투에는 이렇게 쓰여 있었다.

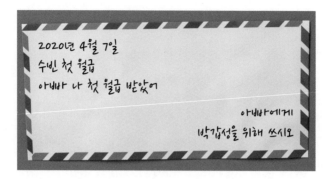

2020년 4월 7일
수빈 첫 월급
아빠 나 첫 월급 받았어

아빠에게
박갑성을 위해 쓰시오

그렇게 부모 마음을 아프게 했던 딸아이였는데, 올 초 대학교를 졸업하고 취업을 해서 받은 첫 월급이라며 건넨 딸아이의 봉투를 받아 들고 한참을 망설이다가 가슴이 먹먹해서 아무것도 할 수가 없었다.

\*\*

수빈아, 아빠다.

아침 일찍 출근해서 문자 보낸다. 유년시절 방황하는 너를 이해하지 못하고 앞선 감정으로 상처를 많이 주었던 것 같다. 힘들고 많이 아파했었지? 그때 따뜻하게 안아주지 못했던 시간들을 지금 와서 후회를 하게 되는구

나. 그래도 당당하게 성장하여 사회 구성원으로 커가는 모습을 보면서 고마움과 행복을 느낀다.

마음속에 담아두었던 아픈 말과 슬픔들, 어떤 말들은 바람에 날려 갔지만 아직도 마음 깊은 곳에서 옹이처럼 남아 있는 슬픔의 조각들, 아버지로 살아가는 일이 소금 인형 같은 것일지도 모르겠구나. 어젯밤 수빈이가 건넨 봉투를 받아 들고 울컥해서 가슴이 많이 아팠다. 수빈이가 건넨 용돈은 영원히 사용할 수 없을지도 모르겠구나!

할아버지가 그랬던 것처럼 호주머니 깊은 곳에서 빛바랜 사랑으로 남아 있을지도. 할아버지는 암 투병생활을 하다가 이순(耳順)에 돌아가셨는데 그때 아빠가 받은 첫 월급을 할아버지께 전해드리지 못했어. 지금 살아계신다면 호주머니 두둑하게 용돈을 채워주고 싶은 그리움 같은 순간들을 만날 때가 있지만 이제는 그럴 수가 없게 되었지. 앞으로 직장생활이 많이 힘들고 어려움도 많겠지만 항상 긍정적인 생각으로 아프지 말고 건강하게 생활하기 바란다.

2020. 4. 8.

너의 인생이 아름답기를 바라는 아빠가

영국의 시인 T. S. 엘리엇은 사월을 잔인한 계절이라고 했다. 꽃이 피고 생명이 춤추는 가장 아름다운 시간을 잔인한 계절이라고 했으니 참으로 역설적인 표현이다.

잔인한 사월을 보내고 신록의 오월. 그 어딘가에 남아 있을 T. S. 엘리엇의 황무지를 찾아서 꽃이 피고 강물이 흐르고 기억과 추억이 멈춰 선 곳 흙의 가장 가까운 경계에서 으(ㅡ)로 눕는 내 마음속에 황무지 그곳에 가닿고 싶다. (2024. 04. 06)*

.............................

\* SK텔레콤 사보 게재 CONNECT+ [Vol. 549] 2020. 05. 04~2020. 05. 15

「그」

노모의 등은 기역(ㄱ)이다

걸음을 옮길 때마다 파란 하늘과 붉은 노을의

직선은 보지 못한다

그 시선은

돌과 흙과 풀의 가장 가까운 경계에서

일흔일곱의 생애가 영원히

유턴할 수 없는 으(ㅡ)로 지고 있다

자음과 모음으로 살아온 노모의 삶은

훈민정음처럼 낮으면서도 찬란한 빛과 같다

(박갑성, '풍경소리', 예미(2018), p16)

222

# #81

    오대산 월정사에 왔다. 잠시나마 일상에서 벗어나 휴가를 즐기는 사람들로 북적인다. 계절은 초여름. 햇볕은 뜨거웠고, 봄과 여름의 간이역에서 신록이 눈부시다.

    월정사 오대천을 따라 상원사에 이르는 9킬로미터의 선재길을 걸었다. 맑은 계곡물이 청명한 물소리를 끊임없이 들려준다. 바람 소리, 새 소리, 그리고 내면의 소리에 귀 기울이다 보면 청정(淸淨)해지는 마음에 본래의 내 모습은 연꽃이 아니었을까 싶다.

    월정사 경내 난다나(Nandana) 전통찻집에 앉아서 차를 마셨다. 눈을 감으면 행복을 주는 곱디고운 언어의 조각들이 눈부시다. 나뭇잎 사이로 비치는 햇살 아래에서 차를 마시는 고승의 찻잔 속에도 오월은 푸르게 물든다. (2024. 04. 10)

　무작정 동해행 기차를 탔다. 오랜만에 찾는 정동
진(正東津) 바다가 품 안에 푸르게 물든다. 살면서 작
은 말들이 억만 급의 무게로 돌아와 상처가 될 때 자
책하며 홀연히 정동진을 찾았다. 바닷가 벤치에 앉아
끝없는 지평선을 바라보며, 복잡한 삶의 물음들을 하
나둘 지우며 모래사장에 드러누워 있었다. 시간이라
는 모래밭에 남긴 발자국을 파도가 쓸어 가면, 그래
야 살 것만 같았다. 정동진은 시간이라는 상처를 치
유하는 지우개라 생각한다. (2024. 04. 12)

합정역 승강장에서 3000번 버스를 타고 성동검문소에 내렸다. 김포 평화누리길 1코스 염하강 철책길을 뚜벅뚜벅 걷는다. 길가에 민들레, 개나리, 진달래, 제비꽃, 그리고 목련이 흐드러지게 피어 있고, 녹슨 철조망 바다 너머에 강화도가 손에 잡힐 듯 말 듯 하다.

염하강 철책을 따라 이어지는 도보길, 병영생활을 하면서 참아내야 했던 청춘들의 땀내가 철조망에 녹슬어 있고, 방공호는 허물어져 옛 기억을 더듬는 일이 애틋하다.

녹슨 철조망과 허물어진 방공호에 봄꽃은 만발하고, 봄 바다 너머에 평화의 새순을 자꾸만 만지작거린다. 김포 평화 버스정류장에 잠시 머물렀는데, 평양까지 179km 이정표에 눈길이 간다. 기다려도 오지 않는 버스, 무한의 기다림을 생각한다. 평양행 버스를 타고 창문을 열면, 봄 내음이 한 다발로 밀려드는 꿈을 꾼다.

이 길을 같이 걸으면서 동료가 했던 말, '아침에 기차를 타고 대동강에 가서 커피 한잔하고, 오후 늦게 돌아왔으면 좋겠습니다.' 정치적 목적과 수식어가 아닌 평화와 통일을 염원하고, 조국을 사랑하는 지향점에 어울리는 말이 아니었을까 싶다.

녹슨 철조망에 봄꽃도 피었는데, 과연 그런 날이 오긴 할까요? (2024. 04. 13)

봄비가 추적추적 내린다. 비가 내리고 나면 신록은 짙어져 도시를 덮고, 산야를 온통 푸르게 물들일 것이다. 인생을 사계로 나눈다면, 나는 겨울의 초입에 와 있다. 소소한 일에도 서럽고, 마음은 온탕과 냉탕을 오간다.

아내와 자식들에게 싫은 소리를 하면 차가운 냉기가 흐르고, 속마음을 드러내는 일이 쉽지 않다. 잘해주거나 잘해줄 거라는 기대는 버리고 살아야 편안한 마음으로 오래 멀리 갈 수가 있다. 중년에게 필요한 것은 생각을 줄이고, 말을 줄이고, 불필요한 관계를 줄이는 일이 중요하다. (2024. 04. 15)

업무 인계를 위한 패키지 초도 적용 프로세스를 설명하느라 힘든 밤을 보내고, 반쯤 감은 눈으로 비가 내리는 정류장에서 버스를 기다린다. 출근길과 겹쳐서 길은 정체되고, 버스 안은 만원이다. 시루 속 콩나물처럼 손잡이를 잡고 버텨보지만, 버스가 브레이크를 밟을 때마다 몸은 용수철처럼 튕겨 나갔다가 제자리를 찾느라 앓는 소리를 낸다. 이런 시간이 버겁고 이제는 힘이 든다.

아침밥은 거르고 침대에 쓰러져 깊게 잠들었다가 깨어났는데, 벌써 오후 세 시다. 정년퇴직 전에 저녁이나 같이했으면 좋겠다는 후배가 남긴 메시지를 보면서, 한참을 망설이다가 고맙지만, 마음만 받겠다며 답글을 남겼다.

헐겁고 낯선 시간이 저문다. (2024. 04. 16)

팀 리더가 물었다.

며칠부터 정년퇴직 위로 휴가 가실 예정이죠?

무슨 일이라도 있습니까?

정년이 얼마 남지 않아서 송별식을 해야 할 것 같습니다.

곰곰이 생각해 보니 정년퇴직 위로 휴가를 제외하면 이 주쯤 남았다. 고마운 일이지만, 이런저런 이유로 술자리가 많아지고, 전화가 걸려 오고, 찾는 사람이 많아진다. 주변 동료들의 흘린 말을 빌리면 그럭저럭 직장생활을 잘한 것 같기도 하다. (2024. 04. 17)

하루 종일 패키지 적용 문서를 검토하고, 작업 프로세스 절차를 후임자에게 설명하면서 시간을 보냈다. 남은 시간까지 자신의 역할을 수행할 수 있어서 감사하고, 다행이라 생각한다. 후배와 리더 몇 분이 자신들의 닮고 싶은 사람(role model)이라 말해주었는데, 나는 여전히 부족하고 나에게는 과분한 찬사라 생각된다.

주말이라서 그런지 오후가 되자 마음이 설렌다. 이런 설렘과 기다림도 얼마 남지 않았다는 사실이 조금은 아쉽기도 하다. 오래전 팀에서 같이 근무했던 리더가 정년을 축하한다면서 술이나 한잔하자고 연락이 왔다. (2024. 04. 19)

새벽녘,

어둠을 발로 차면 무수한 생명이 눈을 비비며 하품한다. 첫사랑, 첫차, 첫 지하철, 그리고 첫 출근, 이 힘든 길을 동행하며, 마음을 잡아준 이는 누구였을까?
(2024. 04. 21)

# #68

버스정류장 가로수에 하얀 꽃잎이 잔잔한 바람에 흔들린다. 가만히 쳐다보면 비리고 비린 생의 흔적이 자꾸만 묻어 나온다. 유년의 추억은 봄의 연초록처럼 곱다. 그때 함께 놀던 동무들은 지금은 뭘 하고 있는지 정년이 가까워지면서 보고 싶다.

정부에서 요청한 재난문자 개선사항 점검과 통계자료 작성으로 바쁜 하루를 보냈다. 사흘 후에 제주지방기상청에서 진행되는 재난문자 워크숍 의제(agenda)를 검토하다가 늦게 사무실을 나왔다. 하늘은 잔뜩 흐렸고 곧 비가 쏟아질 것 같다. (2024. 04. 23)

재난문자 산학연관협의체 13차 워크숍이 제주지방기상청 회의실에서 열렸다.

유월이 정년퇴직이라 이번 워크숍이 마지막이 될 것 같습니다. 오랜 시간 5G 기반 긴급재난문자 산학연관협의체 기술위원으로 참여해 왔습니다. 정부와 산학연관협의체 위원님께 깊이 감사드리며, 특히 재난문자를 담당하고 계신 행정안전부 ㅇㅇㅇ사무관님과 ETRI ㅇㅇㅇ박사님께 감사드립니다.

워크숍을 끝내고 참숯구이 몬트락에서 저녁식사를 했다. 고즈넉한 제주 밤바다에 불빛이 아름답게 출렁인다. (2024. 04. 25)

직장에서 보내는 마지막 패키지 적용이라 업무 인수자(引受者)와 밤을 보낸다. 아무런 문제 없이 적용과 검증이 마무리되었으면 한다. 동료에게 전화가 걸려 왔다.

선배님, 오늘 밤이 회사에서 보내는 마지막인데 느낌이 어때요?

막상 전화를 받고 보니 적절한 대답을 찾지 못하겠다. 그러고 보면 살아가는 매 순간이 마지막이 아니던가. (2024. 04. 29)

#59

 타 부서 후배가 정년퇴직 축하 저녁식사 자리를 마련해 주었다. 유관 부서 및 협력사 직원들과 같이하게 되었는데, 오랜 시간 봤던 얼굴들이라 애정과 느끼는 감정이 남다르다. 정년퇴직 휴가와 공휴일을 제외하면, 남은 근무 기간은 일주일쯤 된다. 떠나는 날에 어떤 감정일지 그 마음을 미리 헤아려본다. 이런 자리를 마련해 준 직장동료와 협력사 직원에게 감사드린다.

 모든 분께 행운이 있길. (2024. 05. 02)

# #58

    정년퇴직 위로 휴가를 앞두고 새벽 일찍 출근해 짐을 정리했다. 책, 상패, 명패, 그리고 소품들을 상자에 담는다. 그동안의 흔적과 기억이 먼지처럼 상자에 채워져 자동차 트렁크에 실리자 왈칵 눈물이 난다. 오랫동안 간직했던 소중한 기억과 추억이 지워지고 잊힌다는 사실을 받아들이기가 쉽지 않다.

    책상에는 노트북만이 덩그러니 남았다. 삼십 년의 시간이 이렇게 쉽게 치워지다니 믿기지 않는다. 나는 무엇을 위해서 그토록 연민하고 집착했던가? 정년퇴직이 다가오면서 영국의 극작가 조지 버나드 쇼의 묘비명이 생각난다.

    "우물쭈물하다가 내 이럴 줄 알았다!" (2024. 05. 03)

#54

    계속해서 비가 내린다. 정년퇴직 위로 휴가 첫째 날, 어김없이 새벽 네 시쯤 눈을 떴다. 매일 이 시간에 잠에서 깨어나 샤워하고, 백팩을 메고 출근했던 시간을 생각하면서 이불 속에서 웃었다.

    지금 휴가야, 더 자도 돼.

    힘들고, 귀찮고, 그냥 쉬고 싶었던 시간이었는데, 지금에 와서 생각해 보니 소중하고 감사한 시간이었다. 정년 후 따분한 시간도 있겠지만, 조금은 길을 잃고서 방황해도 좋을 것 같다며 이불 속에서 웃었다.

(2024. 05. 07)

바쁜 하루였다. 자동차 엔진오일을 교체하고, 마이너스 통장 연장 신청을 하고, 머리를 깎았다. 그리고 오후에는 회사에서 가져온 상자를 열고, 책을 정리했다. 그리고 상자 안에 들어 있는 명패를 보면서 많은 생각으로 마음은 복잡했다. 직장생활 삼십 년 끝에 남은 것은 책 한 박스, 명패 두 개(Manager, D-Expert), 여러 개의 상장과 상패.

이 또한 정년퇴직하고 나면 깃털처럼 가벼워서 시한 줄, 한 문장만 못할 것이다.

정년퇴직 위로 휴가를 보내고 있는데, 업무 때문에 회사와 정부에서 전화가 걸려 온다. 업무 인계가 끝났음에도 전화가 걸려 오는 것은 오랜 친분과 전문성, 그리고 지난 시간의 기록 때문이라 생각된다.

(2024. 05. 08)

아카시아꽃이 떨어져 바람에 날린다. 장미와 찔레가 꽃망울을 터트리고, 꽃향기가 그윽한 오월은 푸르고 눈부시다. 아름다운 계절이 마음속에 향기롭게 물들어 풍경이 될 때, 얼굴에 웃음꽃이 핀다.

꽃을 보면서 만지고 향기롭다고 말해주어도 정작 꽃은 아무런 반응이 없다. 타인의 삶을 추구하고 비교하면서, 바둥바둥 살아가는 인간의 행복은 가짜라고, 향기가 없다고, 꽃은 말하는 것 같다.

광화문광장을 걷는다. 다양한 집회와 시민문화제 행사로 오월의 광장은 뜨거웠고, 이념 갈등은 극(極)에 달해 있다. 외진 모퉁이에 앉아서 '민주주의의 최후 보루는 깨어 있는 시민의 조직된 힘이다'라고 말씀하셨던, 노무현 대통령을 잠시 생각하면서 따로 또 같이 의미를 떠올려본다.

흑백논리로 분열된 이념 논쟁과 정치적 갈등은 과

연 극복이 가능한 문제인가? 차마 담기 어려운 비속어가 바람에 날리고, 확성기 소리는 광화문광장을 흔들고, 인왕산을 덮고 있다. (2024. 05. 11)

#48

새벽에 일어나 간단하게 스트레칭과 설거지를 끝내고, 책장 앞을 서성거렸다. 전자통신과 관련된 전공 서적은 제외하고, 인문학과 서너 권의 에세이를 골랐다. 시오노 나나미 작가가 쓴 '로마인 이야기' 부제(副題)처럼 로마는 하루아침에 이루어지지 않았다.

그렇다면 내 삶 또한 쉽게 써지지 않았음을 살아가면서 증명하려고 한다. (2024. 05. 13)

# #47

생의 끝에서 절반은 꿈이었고, 절반은 눈물이었을 사람. 입원 소식을 전해 듣고, 토요일 고향으로 가는 첫차에 몸을 실었다. 병원 2병동 255호실 어머니는 앙상한 뼈대만 남은 대나무처럼 누워 있다. 몸이 움직이자, 낙엽처럼 자꾸만 바스락거린다.

무거운 짐을 이고 지고 오솔길과 바닷길을 오가며, 오 남매를 키워낸 여인의 강직한 모습은 찾아보기 힘들다. 싸늘한 공기와 매캐한 냄새만이 병실 가득했다. 손을 잡았을 때 슬픔이 슬픔에게 말을 건넨다. 괜찮다. 먼 길을 왜 왔어!

엄마, 며칠 후 수술하면 좋아질 거야.

아들이 어머니께 전하는 위로의 말은 가난하다.

텅 빈, 고향집 텃밭에는 어머니가 가꾸어놓은 마늘, 양파, 상추 그리고 콩이 주인의 손길을 기다리며 시들어간다. 조금은 늦은 시간 점심을 먹었다. 서울에서 내려온 동생을 위해 누나는 밥상을 한가득 차려주었다. 배추김치, 무김치, 파김치, 멸치찌개, 돌문어와 지난겨울 담아두었을 갓김치에서 어머니 손맛이 콧등으로 전해진다.

대청소를 끝낸 후 누나 승용차로 물건리 방조림과 삼동을 지나서 창선 엘가 커피집으로 갔다. 팥빙수와 커피를 주문하고, 서로 다른 감정이입으로 힘들었을 상처를 토닥여주었다. 해무(海霧)에 몽환처럼 느껴지는 바닷가, 비가 추적추적 내린다. 어둠이 밀려오고, 풀벌레와 개구리 울음소리에 생의 슬픔이 바람에 비틀거린다. 마치 허수아비 춤과 같다. 허수아비 춤을 춰본 사람은 안다. 내 삶이 그랬고 우리들의 삶이 그러했다. (2024. 05. 14)

# #46

　용산역에서 용문행 기차를 탔다. 벌써 많은 사람
들로 시끌벅적하다. 운길산역에 내려서 남한강을 따
라 아신역까지 걸었다. 길을 걸으면서 그토록 비우고
싶었던 미운 감정과 집착도 쉽게 내려놓을 수 없다는
것을 알았다.

　두물머리 커피집에 들러 주인 부부에게 커피를 주
문하고, 이곳에 언제부터 커피집을 열게 되었냐고 물
었더니, 작년부터 시작했고 마음을 치료하는 곳이라
말해주었다. 어떤 사연으로 이곳에 커피집을 열었는
지 여쭤보지는 못했지만, 지나가는 길손에게 커피를
건네면서 구멍 난 마음을 치유하고 있는 것은 아니었
을까.

　운길산역에서 용문행 방향으로 걷다가 물소리길
을 만났다. 마음마저 정갈해지는 물소리길, 작명을
누가 했는지 궁금하다. 물소리길을 따라 유유히 흐르

는 남한강의 윤슬은 마음을 흔들고 물든다. 시간이
되면 물소리길을 한번 걸어봤으면 한다. 아무런 생각
없이 걸어도 행복할 것 같다. 의미 없는 질문을 툭툭
던져도 좋을 것 같다. (2024. 05. 15)

　벌써 내 인생의 시간은 오후 다섯 시에서 일곱 시 사이에 와 있다. 지금까지는 회사 명함(名銜)에 기대어 살았다. 결혼하고 아이를 낳고 대출을 받고 인간관계를 맺었다.

　명함이 없었다면 난, 아무것도 아니라는 사실을 부끄럽지만 인정하자.

　남산 둘레길에 덩그러니 피어 있는 비비추가 밥값은 하면서 살고 있느냐고 말을 건넨다. (2024. 05. 16)

# #44

    새벽 네 시, 눈을 떴다. 피곤하다. 뭔가 생활의 변화가 필요할 것 같다. 지금까지 회사에서 누려왔던 안정적인 삶과 혜택도 정년 이후는 모든 것들이 달라질 것이다. 커피 한잔 마시는 일도 계산이 필요하니까.

    휴대전화기에 문제가 있어서 을지로 광교 인근에 있는 삼성 서비스센터를 다녀왔다. 돌아오는 길에 커피를 들고 거리를 걷는 직장인들의 모습에서 왠지 모를 부러움과 자꾸만 웃음이 나온다.

    그래 네 마음 알아. (2024. 05. 17)

#42


    책장을 넘기다가 밖을 나왔다. 햇볕이 너무나 따 갑다. 인왕산 둘레길을 걸어서 초소책방에서 쉬어 가 려고 했는데, 빈자리가 없다. 숨을 헐떡이며 가던 길 을 돌아서 내려왔다. 딜쿠샤 옆, 오백 년 은행나무 아 래에서 자꾸만 작아지는 나. (2024. 05. 19)

오월이 되면 아버지의 빈자리가 몹시 그립다.

적빈(赤貧)의 호주머니에 두둑한 봉투 하나 넣어주고 싶지만, 그럴 수가 없어서 송곳에 찔린 것처럼 가슴에 심한 통증을 느낀다. 아버지의 부고(訃告)를 접했던 날이 춥고도 추운 겨울이었다. 아버지로 살아간다는 건, 항상 젖은 시간을 사는 일이다. 비에 젖고 바람에 흔들리는 들꽃처럼 살아갈 수밖에.

죽방렴이 있는 창선대교 해안가 장어구이 집에서 어머니와 저녁을 먹었다. 달반월 밤바다가 황금빛으로 물든다. (2024. 05. 21)

「기억의 습작」
쉽사리 잠들 수 없는 밤
현실의 문제를 붙들고
뒤척인다
빛바랜 기억 속에
아버지가 그랬던 것처럼
베개에 이마를 묻고
뒤척인다
무수히 흔들렸을 밤
그 사람이 보고 싶어
잠들지 못하고
별들은 그렇게 빛나고 있다

('22. 5. 남해에서)

　자동차로 거동이 불편한 어머니를 모시고, 미조항을 둘러보고 독일마을 카페에 앉아 있다. 어머니가 좋아하는 아이스크림을 주문해서 드렸는데, 이게 뭐냐고 물으신다. 아이스크림에 에스프레소를 섞은 아포가토라고 말씀드렸더니, 아리가토 참 희한하다.

　그래도 맛있다면서 잘 드신다. 가만히 생각해 보니 어렵게 설명해 드린 것 같기도 하다. 그냥 아이스크림에 커피를 섞은 것이라고 말씀드릴 걸 그랬다.

　앞으로 어머니와 아리가토 같은 희한한 맛을 먹을 날들이 얼마나 남았을까? 어머니와 아들은 아무 말 없이 얼굴을 마주 보고 앉아 있다. (2024. 05. 23)

달포쯤 남은 정년퇴직, 후배들이 마련해 준 자리라서 서둘러 집을 나왔다. 안국역에서 가까운 '인사동 촌'에서 한정식을 먹으면서 낡고 오래된 추억을 흔들고 있다. 내 모습을 형상화한 밀랍인형을 선물로 준다. 후배들의 따뜻한 마음이 고맙다. 가까운 사람들로부터 선물을 받고 식사 자리가 늘어나면서 정년퇴직을 실감하게 된다.

살아가면서 중요한 것은 무엇일까? 더 이상 욕심내지 않는 것, 그쳐야 할 때 그쳐야 한다는 것이다. 이만하면 됐다. (2024. 05. 25)

#32

    하루 종일 국민연금, 고용보험, 퇴직연금, 지역 건강보험 정보를 인터넷으로 검색했다. 설명이 어렵고, 쉽게 이해가 되지 않는다. 내가 할 수 있는 게 아무것도 없잖아! 회사라는 우산 속에서 편안하게 살아왔다고 생각했다. 최근에 파리바게뜨와 커피집을 방문할 때마다 가격표를 보면서 손길이 멈칫멈칫하는 내가 우습다. (2024. 05. 29)

며칠간 감기 몸살로 힘들어했던 아내 건강도 차츰 좋아지고, 집안이 안정되고 있는 느낌이다. 아내가 아프면 집안은 엉망진창이 되어서 생활의 균형이 깨지곤 한다. 박노해 시인의 '나 거기 서 있다' 시어(詩語)를 빌리면,

"몸의 중심은 심장이 아니다 몸이 아플 때 아픈 곳이 중심이 된다 가족의 중심은 아빠가 아니다 아픈 사람이 가족의 중심이 된다"

시장에 나가 소고기를 사서 인터넷에서 설명하는 레시피를 따라 소고기뭇국을 끓였다. 아내를 위해 만들었는데 고맙다면서 맛있게 먹는다. (2024. 06. 03)

# #25

백두산 천지는 웅장하고 장엄했다. 숨이 멎을 것만 같다. 넋 놓고 천지를 바라보면서 그 어떤 수식어로도 백두산을 표현할 방법을 찾지 못했다.

('24. 6. 6. 백두산 천지에서)


오후 두 시 사십 분, 인천공항에서 출발한 비행기는 두어 시간 만에 연길공항에 닿았다. 연변 조선족 자치주라서 그런지, 간판과 이정표가 중국어와 한글을 병기해서 사용하다 보니, 이방의 느낌은 전혀 없다. 중국 연변 조선족 자치주 시간은 한국보다 한 시간 늦다. 그래서 한 시간 젊어지는 느낌이다.

이도백하(二道白河)로 가는 길에 독립운동의 근거지 용정에서 해란강과 용두레를 잠시 들렀는데, 용두레는 공사 중이라 가림막 사이로 멀리서 사진만 남겼다.

그 옛날 광개토대왕이 만주벌판을 호령했던 찬란한 역사와 독립을 위해서 목숨 바쳤던 선열들을 잠시 떠올려본다. 끝날 것 같지 않았던 생의 한가운데서 느꼈을 고독, 슬픔, 분노, 사랑, 그리움은 동방의 등불처럼, 혼(魂)은 자작나무에 잠들어 백의민족으로 빛난다.

모래 알갱이 같은 가벼움과 부끄러움이 바람에 날리고, 이도백하에 도착했을 때 어둠이 겹겹이 내려앉는다.

숙소에서 버스를 타고, 오전 여덟 시 이십 분쯤 백두산 북파 산문에 도착했다. 구름처럼 밀려드는 인파에 어안이 벙벙하다. 셔틀버스를 타고 백두산 주차장에 도착 후 10인승 봉고차를 갈아타고 천문봉에 오른다.

오르막길은 천 길 낭떠러지, 조금만 벗어나면 황천길이다. 버스 운전하는 사람에게 운명을 맡길 수밖에 없겠다. 백두산은 순간순간 얼굴을 바꾼다. 울창한 숲을 지나자, 땅바닥에 바짝 엎드린 들꽃과 무릎 꿇은 나무가 얼굴을 내밀고, 정상에 다다르자, 생명을 거부당한 황무지가 파노라마처럼 끝없이 펼쳐진다.

북파 산문에서 천문봉까지 자동차로 한 시간 삼십 분이 걸렸다. 한 번 보기도 어렵다는 백두산을 오르면서 천지가 내게 어떤 모습을 보여줄지 궁금해서 가슴이 두근거린다. 천문봉 주차장에 도착해서 십 분쯤 오르자, 천지다. 웅장하고 장엄하다. 숨이 멎을 것만 같다. 넋 놓고 천지를 바라보면서 그 어떤 수식어로도 표현할 방법이 없다.

누군가 백두산 천지를 물어보면 천지는 이야기하는 것이 아니라 직접 와서 눈으로 마음으로 보고 느끼는 거라고 말해주고 싶다. 백두산은 유월의 초입인데 드문드문 잔설이 남아 있었고, 눈부시도록 푸르다.

지나오는 길에 장백폭포를 들렀는데, 주변의 산세와 어우러져 환상적이다. 이번 여행길에서 봄, 여름, 가을, 겨울, 사계를 한 번에 체험한 셈이다. 한 사람의 생애가 고스란히 풍경처럼 남았다. 삼대가 복을 쌓지 않으면 볼 수 없다는 천지, 한 번 만에 봤다. 이 또한 행운이라 생각한다.

이도백하에서 연길로 이동해서 시내를 뚜벅뚜벅 걸었다. 낯설지 않은 거리의 풍경과 사람들, 연변 냉면은 깔끔하면서도 계속 생각날 것 같은 맛이다. '영원히 지지 않는 꽃', 민족의 역사에 관한 대형 조선족 음악극을 봤는데, 연변 지역에 살고 있는 민족의 아픔과 애환을 담은 작품으로 오래도록 기억에 남을 것 같다.

저녁에는 연변에서 무한 리필 양꼬치 식당에서 소맥을 마시면서 오래된 생각을 붙잡고 있다. 해방 후 친일 청산을 제대로 했다면 어땠을까? 자꾸만 되풀이되는 역사의 인식과 무관심이 아쉽다.

현재도 진행 중인 남과 북, 동과 서, 영남과 호남, 여자와 남자, 세대 간의 갈등은 심해지고 그 중심에 정치가 있다. 예나 지금이나 정치는 변한 게 아무것도 없다. 과연 사회적 대통합은 가능한 문제인가? 깊은 물음으로 남는 연변에서 보내는 마지막 밤이다.

　아침부터 비가 내린다. 여행을 끝내고 배낭을 정
리하면서 문득 드는 생각, 여행은 비움이라 했는데,
며칠 사이에 불어난 짐 때문에 걱정하는 모습을 보면
서 쓸쓸해진다. 여독이 밀려드는 연길공항 대합실,
자유여행이 주는 쉼표를 잠시 생각해 본다. 서울에
서 유럽까지 횡단 열차를 타고 여행하는 꿈을 꾼다.
(2024. 06. 05)

# #19

    베란다 화초가 바람에 흔들리고 있다. 바람 때문에 흔들리는 건지, 아니면 복잡한 마음 때문에 흔들리는 건지 잘 모르겠다. 찰나에 집중할 수는 없을까? 일어나지도 않은 일로 머리는 복잡해지고, 고민은 쌓여간다. 당장 해결할 수 있는 일이 없다는 것을 알면서도 시간을 가불해서 사용해 놓고, 번민(煩悶)하는 내가 우습다. 화초도 바람이 불기 전에는 미리 알아서 흔들리지 않았을 것이다. (2024. 06. 11)

# #17

    유월이면 정년퇴직이라서 은행에 다녀왔다. 연금 운영 방법을 설명하는데, 금융은 여전히 어렵고 신세계처럼 느껴진다. 늦은 오후 카톡으로 문자를 받았다. 회사에서 정년퇴직자 대상으로 'Senior Expert' 제도 공지문이 회사 게시판에 떴다는 것이다.

    많은 동료와 리더가 지원하라고 권유했지만, 오래전부터 생각했던 일이라서 이쯤에서 쉬기로 했다. 실력도 부족하지만, 연봉만큼의 성과를 낼 자신이 없다. (2024. 06. 13)

# #14

  무엇을 할까? 매 순간 계산하고 저울질하며 살아왔다. 그렇다고 계산된 삶을 산다고 해서 달라지는 것은 아무것도 없다. 그냥 발길이 닿는 대로 마음이 머무는 대로 살아갈 수는 없을까?

  새벽녘까지 파도 소리에 떠밀려 잠을 이루지 못했다. 그럴 때마다 나폴리처럼 아름다운 통영(統營)을 생각했다. 선생님, 주택은행, 충무호텔, 푸른 바다, 아직도 머뭇거림이 남아 있는 곳. 선명한 기억 속에 그 사람의 안부가 궁금하다. (2024. 06. 16)

# #12

오랜 시간 가족과 주고받으며 모아놓은 편지함을 열었다. 몽당연필로 꾹꾹 눌러쓴 딸아이의 유치원 편지부터 아내가 남편에게 보낸 편지까지 행복과 슬픔의 언어가 타임머신을 타고 과거의 나를 깨운다.

아빠,

몇 시간 전에 지난 크리스마스 즐거우셨어요?

영화관에서 좀 기분이 안 좋아지셨겠지만, 꽤 괜찮았다고 생각하는데^^

하루 지나서 편지를 쓰니까 좀 이상하네요. 크리스마스 때 편지를 쓸걸⋯♡ 그니까 이 편지는 크리스마스 겸 신년 새해 편지로 생각하세요.

지난 1년을 돌아보니 이번 해는 정말 일이 많았던 듯하네요. 서울로의 이사부터 시작해서 여러 가지 일이 많았어요. 기쁜 일, 슬픈 일, 즐거운 일 등등요.

그리고 새해를 맞아 아빠한테 하고 싶은 말도 많아요. 앞으로 그래왔던 것처럼 행복한 가정으로 이루어졌으면 좋겠습니다.

아빠도 저에게 할 말 많을 듯한데, 저 다 아니까 걱정하지 마세요. 이제 2006년의 해도 저물고 2007년 돼지해가 열리고 있네요. 항상 복 들어오시길 바랍니다.

약속대로 평균 93.8입니다.♡←꼬리표대로

역시 ○○이는 약속하면 지킨다니까요.

영어도 더 열심히 해서 성적 더 올리고요^^ 2학기 중간고사 땐 95점 정도로 목표 잡았어요. ㅎㅎㅎ!

그만큼 할 테니 부탁 하나만 들어주세요! (아마 들어주지 않을 확률 57%) 제가 아주 열심히 쓴 논술문을 읽고 타당하다고 생각되면 부탁 꼭 들어주세요.

항상 건강하세요. 사랑해요.

-○○ 올림-

＊＊

전에 아빠가 말한 앨빈 토플러의 '제3의 물결'이란 책
의 서문에 나온 말 중 지금 우리 사회에서 싹트고 있는
새로운 문명인 제3의 물결은 정보화 단계란 말이 있었
다. 이 말과 같이 현대사회는 지금 정보화 사회이다. 정
보화 시대의 중심에서 급성장하고 있는 것 두 가지로 들
어본다면 컴퓨터와 휴대폰 정도를 들 수 있다. 컴퓨터
와 휴대폰 둘 다 정보사회의 요지라고 할 수 있으며, 하
루에도 상당한 발전을 하고 있다. 나는 여기서 휴대폰에
대해서 이야기를 하고자 한다. 첨단 정보화 시대의 필수
품이 되어버린 휴대폰. 과연 이것을 청소년이 사용하면
부적절할까?

　사람들은 흔히 부산과 서울은 10년 차이가 난다고들
한다. 휴대폰 사용에서도 마찬가지다. 부산의 중학교 학
생 중 휴대폰을 가지고 다니는 학생들은 기껏 반 정도였
다. 그래서 휴대폰의 필요성을 못 느꼈을지도 모른다.
하지만 서울의 학생들은 적어도 ○○중학교의 1학년 ○
○반 학생 중 휴대폰을 가지고 다니지 않는, 아니 없는

학생은 나와 남자 학생 2명뿐이다. 원래 여학생이 2명 있었으나, 크리스마스 선물로 휴대폰을 산 듯하다. 나는 엄마의 휴대폰을 나의 휴대폰이라고 하지만, 학교에는 가져갈 수가 없으니, 아이들은 나보고 휴대폰을 장식으로 가지고 다닌다고 한다. 정말 그럴 때마다 속상하다. 모두들 초등학교 5, 6학년 때 시험 평균이 90점이 넘어서 샀다고 한다. 이럴 때마다 '시험 평균이 90점 넘어서 핸드폰 사면 10개는 넘게 사겠다!'란 생각을 한다.

핸드폰을 가지게 되었을 때 공부에 도움이 되지 않는다고들 말한다. 하지만 그 말은 빈말이라고 생각한다. 핸드폰을 시험 기간 때 부모님께 맡기는 방법, 일시 정지하는 방법 등으로 핸드폰을 잘 관리할 수 있다. 대표적으로 최○지란 아이가 있는데, 이 아이는 시험 평균이 95~98점이다. 휴대폰을 갖고 있는 아이가 공부를 못한다고 하면 그 친구는 무엇인가? 휴대폰을 가지면 공부에 집중이 안 된다! 란 말보단 먼저 핸드폰을 준 후 시험 결과를 보고 판단하면 효과적이다.

위에서도 언급했듯이 반에서 두세 명 가지고 있지 않

고, 다른 반도 마찬가지이므로 결과적으로 1학년 900명 중 갖고 있지 않은 학생은 최소한 36명. 즉, 1학년 전체의 0.04%만이 안 갖고 있는 셈이다. 갖고 있더라도 실용적으로 사용하면 된다고 본다. 휴대폰 때문에 언제 어디에서든 연락과 소식이 가능하기 때문에 친구 간의 우정이나 관계도 더 가까워질 수 있고 휴대폰으로 좀 더, 보다 나은 생활, 편리한 생활이 가능할 것이란 것은 나보다 통신회사에 근무하시는 아빠가 더 아시리라 생각한다.

이런 기사 때문은 아니지만 정말 휴대폰이 없으면 좀 뭐랄까 친구 간에 소외당하는 느낌이라고 한다. 나도 언제까지나 엄마 휴대폰을 나의 휴대폰이라고 할 수도 없는 노릇이다.

가장 크게 걱정하시는 것이 휴대폰 요금이다. 하지만 휴대폰 살 때 요즈음 3만 원, 5만 원 휴대폰이라도 좋은 휴대폰을 살 수 있다고 생각한다. 그리고 휴대폰 통신 요금에 대해서는 난 그리 많이 쓴다고는 생각하지 않는다. 문자도 중요한 숙제 있을 때나 쓸 뿐이며 전화도 온 것만 해줄 뿐 거의 하지 않는다.

내가 알고 있는 친구 중 한 친구는 늦은 시간에 영어학원 마치고 길을 잃어 늦었다고 하며 휴대폰이 있었다면 이러지는 않았을 텐데 라고 하였다. 이렇게 좀 치사한 방법보다 난 이 방법을 택했고, 혹여 못 사더라 해도 후회는 없다. 내 생각을 조리 있게 전달했다고 생각했기 때문이다. 이제 휴대폰 사용에 관한 99%의 설명은 끝났다. 나머지 1%의 선택은 지금 글을 읽고 있는 분의 몫이다.

추신: 괜한 말로 근무 시간을 방해하지는 않았나 모르겠네요. 죄송해요. 하지만, 언젠가는 해야 할 말이었어요.♡

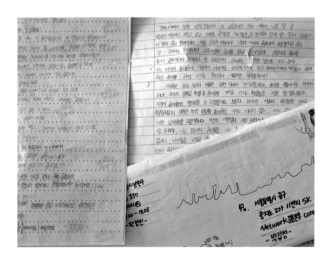

2006년 서울로 발령을 받고 합정동 사택에서 지내다가 수개월이 지난 후 이사를 하게 되었는데, 중학교 1학년이었던 첫째 딸의 손편지를 읽으면서 울다가 웃다가 살갑게 대해주지 못했던 시간이 아쉽다. 지금에 와서 생각해 보니 중학교 1학년이 쓴 편지라는 사실이 믿기지 않을 정도로 논리적인 글이면서 깊은 울림이 있다. (2024. 06. 18)

  정독도서관에서 진행하는 평생교육 프로그램 수
강신청을 간발의 차이로 놓쳤다. 강의 주제는 '나의
여행 버킷리스트 채우기'인데 아쉽다.

  정년퇴직 위로 휴가를 끝내고 다음 주부터 출근하
는데, 벌써 가슴이 두근거린다. 회사에서 정년퇴임식
과 팀 회식 일정 협의로 전화가 걸려 오고, 잘 아는 지
인으로부터 저녁식사를 같이하자는 메시지를 확인하
고 답장을 하느라 바쁜 하루를 보냈다. 우리들의 삶
에 여기까지라는 말은 없다. (2024. 06. 20)

#9

살면서 정상과 비정상의 경계가 구분되지 않는 시간이 있다. 눈부시게 맑은 하늘을 가만히 쳐다보고 있으면, 마치 비현실적으로 느껴진다. 당연하다고 느껴졌던 것과 정상이라 생각했던 것들조차도 고개를 갸우뚱하게 된다. 그렇다면 처음부터 정상과 비정상의 경계는 없었던 게 아니었을까? (2024. 06. 21)

영천시장 지붕 위에 비가 내린다. 빗물을 튕기면서 빗속으로 버스가 질주한다. 아내는 일하러 간다고 옷단장하고 있다. 미니 우산을 들고서 집을 나와 인왕산 오르막길을 오른다. 숨이 막힌다. 지금까지 살아온 날들이 그러했다. 아몬드 우유에 미숫가루를 타서 한 사발 먹고 나니 살 것만 같다.

늦은 오후 아내로부터 문자를 받았다. 남해에 내려와 있고 내일 올라간다면서, 밥 잘 챙겨 먹어.

카톡에 댓글을 남겼다. 아니 일하러 간다고 하지 않았어! 웬일로 남해야.

어머니 생신이라서 내려왔어.

제기랄, 며느리도 어머니 생신을 기억하는데, 장남이라는 놈이 어머니 생신도 모르고 살아가고 있으니. 다음 주가 직장에서 보내는 마지막 출근이다.

(2024. 06. 23)

    장기간 정년퇴직 휴가를 끝내고, 아침 일찍 출근했다. 회사에서 보내는 마지막 주가 될 것 같다. 팀에서 마련해 준 정년퇴직 송별식 모임에 참석해서 특별히 제작해 건네주는 추억의 앨범과 선물을 받고 눈시울이 붉어진다. 행복은 슬픔 속에서도 아름답게 빛날 수 있다는 것을 알게 되어 감사하다. (2024. 06. 24)

# #5

    회사에서 받는 마지막 월급이다. 그래서 더 애틋하다. 정년퇴직 후 매월 들어오던 월급이 들어오지 않으면 어떤 느낌일까? 비워지는 곳간(庫間)을 시간은 잔인하리만큼 억누르며 불확실성은 그만큼 숨통을 조여올 것이다.

    어제 정년퇴직 송별식으로 먹었던 술 때문인지, 하루 종일 헤매고 있다. 사십 분 빠르게 퇴근했다. 거리에 많은 사람과 자동차가 강물처럼 흘러간다. 이제부터 삶의 역습을 경계해야 한다. 나의 경쟁자는 오직 나뿐이라는 사실을 잊지 말자. (2024. 06. 25)

# #4

재택근무를 했다. 정년퇴직 축하 메일과 문자를 받고 답글을 쓰면서 하루를 보냈다. 저녁에는 직장동료 후배와 용산에서 저녁식사 약속이 있었고, 오리불고기로 소주를 마셨다. 정년퇴직을 화두로 많은 이야기를 나누었던 것 같다. 우리들의 인생에 정답은 없다. 작은 일 큰 일 구분하지 말고 그냥 살아내는 것이다.

늦은 밤바람이 시원하다. 용리단길을 꽉 채운 사람들, 벤치에 앉아서 커피를 마시며 대화를 나누는 연인들을 보면서, 부러움과 시샘을 느낀다. 내 청춘은 어떠했던가? 그때는 최선이었다고 생각했던 것들이 지금에 와서 후회와 아쉬움으로 남는다. 부러워하지 말자. 이제부터 긴 여행을 시작하는 자유인이 아니던가. (2024. 06. 26)

# #3

직장에서 보내는 마지막 날, 사원증, 개인 법인카
드, 노트북을 반납하고 나니 허허벌판에 던져진 벌거
숭이처럼 남는 게 아무것도 없다. 한순간 모든 것을
잃어버린 것처럼 공허하다. 이제부터 아마추어 같은
삶은 시작될 것이다.

내가 사랑했던 자리, 사직서를 늘 가슴속에 품고
다녔던 시간을 생각한다. 힘들어서 그만두고 싶었던
순간이 있었고, 이슈를 붙들고 불면의 밤을 보냈던
시간이 많았다. 이제는 모든 것들이 감사함으로 내게
온다. 지금까지 단 한 번도 느껴보지 못했던 감정이
라서 고맙다.

정년퇴임식을 가졌다. 퇴임식 인사말은 한상경 시
인의 '나의 꽃'으로 갈음했다.

"네가 나의 꽃인 것은 이 세상 다른 꽃보다 아름다워서

가 아니다 / 네가 나의 꽃인 것은 이 세상 다른 꽃보다
향기로워서가 아니다 / 네가 나의 꽃인 것은 내 가슴
속에 이미 피어 있기 때문이다"

지금까지 함께했던 직장동료와 정부 그리고 협력
사분들께 시 한 편과 감사의 글을 남겼다.

(2024. 06. 27)

# 정년퇴직 감사 편지

안녕하세요. 박갑성입니다.

며칠 후면(6. 28) 로그아웃되는 직장생활, 새로움에 대한 로그인의 떨림으로 정년퇴직(停年退職) 인사 올립니다. 본사 발령을 받고 코어솔루션팀에서 열여덟 해를 보냈습니다. 섬과 섬 사이, 닿고 싶어도 닿을 수 없었던 팽팽한 긴장감으로 보냈던 것 같습니다. 오랜 시간 분인(分人)으로 살면서 여백 위에 뒤섞인 우리는 우리가 누군지 모르고 모른다는 사실도 모르고 살아왔습니다. 너무나도 힘들었던 중력의 시간 위에서 마음 졸여도 끙끙거려도 미워해도 그들은 어차피 직장생활(職場生活)에서 지나가는 사람들일 뿐이라는 사실만으로 진심을 담아내지 못했던 시간도 있었습니다.

가만히 생각해 보면 늘 비교하고 숫자의 크기에 몰빵했던 시간도 많았습니다. 한쪽에 숨어 자신을 합리화하며 다른 쪽을 외면했던 시간도 있었습니다. 그래

서 상처를 주고받기도 했습니다. 이 자리를 빌려 죄
송한 마음을 전합니다. 회사의 명함(名衛)에 기대어
얄팍한 변화와 실력, 부록(附錄)으로 여기까지 왔음을
이제야 부끄러운 고백을 해야겠습니다.

이제부터 조금은 느리고 서툴고 지난(至難)하겠지
만, 다발에 묶이지 않고 한 송이 꽃으로 고고하게 서
는 회사의 명함이 아닌 자신의 명함으로 타인의 삶이
아닌 오롯이 자신의 삶을 살아내려고 합니다. 그러다
보면 중년의 독백도 들꽃처럼 맑고 향기로워질 거라
믿습니다. 안녕히 계십시오. 많이 부족했지만, 차갑
고 뜨거운 말을 흘려보냅니다.

마지막으로 SK텔레콤 동료 선후배님과 SMS, 재
난문자 서비스 개선을 위해서 오랜 시간 협업했던 정
부, 협력사분들께 감사드리며 성공적인 직장생활을
진심으로 기원하고 응원합니다.

2024. 6. 27. 박갑성 拜上

「정년퇴직(停年退職)」

삼십 년 넘게 연탄재 같은 길을 내던 어떤 사내가 출근 인식기에 얼굴을 갖다 대고 사무실을 들어선다 텅 빈 사무실 전등 스위치를 누르자 불빛에 놀란 어둠이 눈을 비비며 하품을 한다 책상 위의 매니저 명패와 덩그러니 놓여 있는 D-Expert 명패에 쌓인 먼지가 물안개처럼 피어오른다 우리가 사랑했던 일 초들 팀즈 RM 대응 방에 긴장감이 흐르고 고장 난 말과 말이 섞여서 일 초를 다툰다 이때 시간은 빨리 간다 콩닥콩닥 같은 마음으로 살아본 사람은 안다 우주보다 무겁고 깊은 수렁 여러 번의 계절이 지나고 또 눈이 퍼붓고 그대가 남은 직장생활인데 왜 내가 이렇게도 떨리는지 손안에 무한을 잡고 아날로그 역에서 기차를 타고 5G 역을 지나는데 안내방송이 들려왔다 이번 역은 정년퇴직 역입니다 내리실 문은 왼쪽입니다 환승역을 찾고 있는 나

(2024. 6. 더숲 초소책방에서)